색채의 향연

장석주의 색깔이 있는 에세이

색채의 향연

처음 펴낸 날 | 2019년 12월 11일

지은이 | 장석주

편집위원 | 김영옥, 임선근

펴낸이 | 조인숙
펴낸곳 | 호미출판사
등록 | 2019년 2월 21일(제2019-000011호)
주소 | 서울시 양천구 목동서로 287 1508호
영업 | 02-322-1845
팩스 | 02-322-1846
전자우편 | homipub@naver.com

디자인 | 끄레 디자인
인쇄 제작 | 수이북스

ISBN 979-11-966446-1-1 03810
값 | 12,000원

이 도서의 국립중앙도서관 출판예정도서목록(CIP)은
서지정보유통지원시스템 홈페이지(http://seoji.nl.go.kr)와
국가자료공동목록시스템(http://kolis-net.nl.go.kr)에서
이용하실 수 있습니다.(CIP제어번호:CIP2019048958)

호미) 생명을 섬깁니다. 마음밭을 일굽니다.

장석주 색깔 있는 에세이

색채의 향연

장석주

초미

이 세상은 색채의 향연이다[*]

갑자기 색깔들이 눈에 들어왔다. 이밥의 눈부신 흰빛, 카레의 노랑, 시금치의 녹색, 마요네즈의 하양! 이 색깔들이 선명하게 눈에 들어와서 시각 중추에 비벼지면서 감성선을 자극한다. 검은색, 흰색, 빨간색, 파란색, 노란색, 초록색 같은 기본적인 색채들은 말할 것도 없거니와 '절반의 색'이라고 불리는 2차색들, 곧 회색, 갈색, 분홍색, 보라색, 주황색 들은 우리가 사는 동안 겪는 시각 경험의 중심이고, 망각으로 희

---

[*]하라 켄야의 「白」(안그라픽스)에서 빌린 문장이다.

미해진 기억들을 환기하는 효과가 있다. 우리는 이 색채들의 상징과 기호 들로 작동하는 세계에서 살아가는 존재이다.

우리가 즐겨 먹는 토마토, 당근, 호박, 시금치, 피망, 아스파라거스, 상추, 쑥갓 들을 녹황색 채소라고 부르는데, 이것들이 녹황색을 띤다고 다 녹황색 채소가 아니다. 녹황색 채소는 색깔이 아니라 그것에 함유된 베타카로틴의 양이 기준이다. 채소 100그램 속에 베타카로틴이 600마이크로그램을 넘어야만 녹황색 채소라고 부른다. 우리는 녹황색 채소를 씹으며 그 맛을 음미하고 이것의 색깔들이 속삭이는 말에 귀를 기울인다. 녹황색 채소들은 저마다 다른 색의 목소리를 가졌다. 사실 색채는 우리 감정과 생리에 관여하는 정도가 매우 크다. 노랑은 명랑함으로, 주황은 즐거움으로, 파랑은 편안한 안식으로 이끈다.

명란젓의 주황색은 식욕을 돋우고, 눈(雪)은 금방 짜낸 우유인 듯 희어서 순결함에 대한 상상을 불러온다. 가죽 구두는 검은색이고, 단풍나무 잎들은 붉다. 나는 검정 구두를 신고 붉은 단풍잎들이 깔린 길을 걷는다. 태양은 금색으로 빛나고 통영 바닷물은 푸르다. 해남 미황사의 동백꽃은 붉고 제주도 검은 땅에 피는 수선화는 노랗다. 일몰 무렵 강화도 서쪽 하늘에 걸린 황혼은 온통 주황빛이고, 해가 진 뒤 천지간을 덮는 어둠은 검은색이다. 집에서 기르는 개는 누렇고, 가협 마을 이장이 키우는 염소는 까맣다. 우리 산하에서 사라진 늑대의 몸통은 갈색 털이고, 지리산 반달곰은 검은색 털을 가졌다. 늦가을 아침 안성 난실리 편운재 풀밭에 떨어진 모과 열매는 초록이 섞인 노란색이고, 한여름 밭에서 따 온 토마토는 관능적인 붉은색으로 반짝인다. 어느 날부터인가 나는 이 색깔들이 내는 소리를 듣기 시작했다. 노랑은 노랑의 소리를, 금색은 금색의 소리를, 주황은 주황의 소리를, 파랑은 파랑의 소리를 냈다.

이를테면 "이 숯도 한때는 흰 눈이 얹힌 나뭇가지였겠지"(타다토모)라는 하이쿠에는 숯의 검정과 흰 눈의 백이 극적으로 대조된다. 그것은 태극의 음양을 연상시킨다. 음양은 흑백의 뿌리다. 태극은 우주의 태초고 근원이며, 이것을 하나로 품고 포괄하기에 혼돈이다. 이 혼돈 속에서 천지 만물의 이치가 숨 쉰다. 태극에서 하나의 도가 나오고, 이것이 천지로 나뉘고, 비로소 만물이 생겨난다. 태극의 흑과 백이 세상에 나타난다. 흑은 성질이 무겁고 차갑고, 백은 성질이 가볍고 따뜻하다. 백은 건乾이고 흑은 곤坤이다. 「주역」에서 '건괘乾卦'는 하늘을 상징한다. 하늘은 만물을 낳은 근원이요, 동시에 우주 만물에 막힘없이 두루 통하는 원리를 상징한다. 하늘을 나타내는 '천天'이 실체라면 '건'은 하늘의 본질적 작용을 뜻한다. 하늘이 위대한 것은 만물의 근원일 뿐만 아니라 창조의 원기를 품기 때문이다. 건을 품은 하늘은 높은 곳에 자리하고 곤을 품은 땅은 낮은 곳에 펼쳐졌다. 절기로는 백이 봄과 여름이고, 흑은 가을과 겨울이다. 방위로는 백이 남동이고, 흑은 북서다. 백과 흑은 각각 낮과 밤, 하지와 동지, 해와 달, 남자와 여자, 삶과 죽음을 표상한다. 우주는 두 가지의 기운을 다 취해야 마침내 완전하다. 흑은 삼키고 백은 내뱉는다. 만물은 그 사이에서 변화를 타면서 순환하고 조화를 이룬다. 따라서 흑과 백은 천지에 교차하는 낮과 밤이 그러하듯 어느 한쪽이 우월하지 않다. 흑과 백은 바둑돌의 흑돌과 백돌이 그러하듯 평등함으로써 세상이 편안하다. 이 세상은 흰색과 검은색으로 균형과 조화를 이룬다.

비 온 뒤 하늘에 뜨는 무지개는 어떤가? 무지개는 이 세상이 피안彼岸인 듯 착시를 일으킨다. 무지개의 색깔들은 우리 안의 오욕칠정五慾七情과 조응한다. 하늘 천天, 땅 지地, 검을 현玄, 누를 황黃. 옛 책에 이르기를, 하늘은 위에 있어 색이 검고, 땅은 아래에 있어 색이 누르다고 했다. 하늘과 땅 사이 사물들은 저마다 색깔로 제 존엄을 드러낸다. 이 색깔들은 다른 뜻과 다른 성질을 나타낸다. 연초록 싹들과 노란 개나리꽃, 녹색의 활력으로 솟는 숲, 안성 금광호수에 피어오르는 하얀 물안개, 노랗게 물든 용문산 은행나무의 잎들, 늦가을 오대산 월정사 뒤 숲 너머로 열린 하늘의 파랑, 황량한 만경평야 겨울 빈들의 갈색. 상은 색깔들의 향연이고, 산다는 것은 이 향연에 조건 없이 참여한다는 뜻이다. 이 색깔들로 이루어진 만다라의 세계에서 우리는 숨 쉬고 관계를 맺으며 삶을 꾸린다. 그리움은 그리움을 모르고 색깔들은 색깔들을 모른다. 우리가 먼저 보고 아는 척을 해야만 그리움은 가슴속으로 들어와 그리움을 만들고, 색깔들은 그것들의 즐거움으로서 인지될 수 있다.

보통 사람이 식별할 수 있는 색깔은 1,000개 정도다. 이것도 엄청나지만, 놀라지 마시라, 디지털 기술로 빛의 삼원색을 조합해서 만들 수 있는 색깔은 1,600만 개! 이토록 많은 색깔은 저마다 만물 조응하면서 마음 깊은 곳 금琴을 울린다. 색깔은 오감과 비벼지면서 감정과 심리에 영향을 미치고, 희로애락에 관여한다. 색깔은 저마다의 신화와 상징들을 거느리고, 사람의 마음에 파문을 일으킨다. 그게 색깔의 힘이고, 색깔의 에스프리Esprit이다.

우리는 색깔의 세계에서 시간여행을 한다. 사람마다 다른 마음과 욕구를 품기 때문에 같은 색깔이라고 해서 같은 느낌을 받지는 않는다. 어떤 사람에게는 검정이 하염없는 슬픔이지만, 다른 사람에게는 딱딱한 권위의 상징일 수도 있다. 색깔들이 없다면 이 세상은 얼마나 칙칙할 것인가. 색깔들은 기후, 자연, 문화, 전통을 아우르며 우리의 감정생활에 관여한다. 색깔들은 감정생활을 화사하게 만드는데, 나는 그 색깔들이 마음에 남긴 무늬들과 기억을 이 자리에 불러내고 싶다.

우리가 보고 인지하는 색色이란 육안으로 식별 가능한 파장을 가진 스펙트럼, 곧 가시可視 스펙트럼으로 이루어진다.

색은 색상, 채도, 명도와 같은 성분을 품은 것으로 감각 지각의 중요한 요소다. "색은 감추는 것, 덮는 것, 입는 것이다. 그것은 물질적 현실이며, 얇은 껍질, 육체를 숨기는 제2의 피부, 제2의 표면이다."[1] 우리는 날마다 물질들의 표면에 덧씌워진 색들을 본다. 색은 신화와 상징 세계에 널리 퍼져 있다. 일상생활에서 교통 신호 삼색 체계에서 볼 수 있듯 문화적 기호로[2], 그리고 노란색은 주의와 애도를, 붉은색은 금지나 위험을, 녹색은 생명과 안전을 뜻하는 신호나 표지로 쓰이는 것이다. 색을 뜻하는 영어 '컬러color'는 라틴어 '콜로르color'에서 유래한 단어다. 색은 물질의 외피를 감싸 그 내용을 덮고 감춘다. 우리는 사물과 물질들의 색에 둘러싸여 있으니, 우리 사는 세상은 색계色界인 셈이다. 우리는 색을 만들어 쓰고 그 세계에서 살다 죽는다. "인간은 색에서 쾌와 불쾌, 안전과 공포를 구분하고, 흙의 색, 물의 색, 대기의 색 같은 지역색을 분별하게 되었다."[3] 나는 이 책을

1. 미셸 파스투로, 「색」, 최정수 옮김, 안그라픽스, 2011, 353쪽.
2 "최초의 신호등은 1868년 12월 런던 팰리스 야드와 브리지 거리 한쪽 구석에 설치되었다. 그 신호등은 가스등이었으며, 교통경찰이 수동으로 조작했다." 미셸 파스트로, 앞의 책, 106쪽.
3. 문은배, 「한국의 전통색」, 안그라픽스, 2012, 35쪽.

인류 무의식에 원초적 체험으로 깃든 색채 경험을 반추하며 그 안에서 사유를 길어 내고 색채 상징학에 대한 이해를 넘어서서 색채 인문학에까지 이르기를 바라는 마음으로 썼다.

당신은 아는가, 색이 왜 빛나는지를. 세상은 색의 향연이다. 색의 향연 속에서 우리 감정은 화사해질 수 있었다. 세상이 온통 잿빛이었다면 인생도, 사랑도 그렇게 빛나지는 못했을 것이다.

2019년 12월 겨울 첫머리
장석주

차례

색채의 향연

흰색

알과 젖의 색

겨울이 오면 눈을 기다리면서 열흘이고 보름 내내 눈 내리는 북방 산골 마을을 떠올린다. 내 상상의 산골 마을에는 몇 날 며칠 함박눈이 그치지 않고 퍼붓는다. 아무래도 "눈이 오는가 북쪽엔/함박눈 쏟아져 내리는가"로 시작하는 이용악李庸岳(1914~1971)의 '그리움'이라는 시편 탓이다. 이 시편의 각인 효과는 얼마나 큰지! 이 시를 읊조릴 때마다 천지간을 분별할 수 없을 정도로 눈이 쏟아진다. 어디 그뿐인가! 여지없이 내 맥동은 가팔라지고 눈은 더워진다.

눈이 오는가 북쪽엔

함박눈 쏟아져 내리는가

험한 벼랑을 굽이굽이 돌아간

백무선 철길 우에

화물차의 검은 지붕에

연달린 산과 산 사이

너를 남기고 온

작은 마을에도 복된 눈 내리는가

잉크병 얼어드는 이러한 밤에

어쩌자고 잠을 깨어

그리운 곳 차마 그리운 곳

눈이 오는가 북쪽엔

함박눈 쏟아져 내리는가

이용악, '그리움'

입동 이후, 해는 짧아지고 밤은 길어진다. 추운 밤에는 항
아리에 담긴 물이 얼고, 미처 거두지 못한 고랭지 배추들은
얼고 녹기를 되풀이하며 땅속으로 잦아든다. 이제 북방 산
간에 자주 눈이 내리는 계절이 돌아온 것이다. 저 두만강
근처 오지奧地의 연달린 산과 산 사이를 하얗게 덮으며 함
박눈이 쏟아지는가. 그리운 곳, 차마 그리운 곳에도 눈은 오
는가. 함박눈 쏟아지는 밤, 나는 혼자 밀항한 남자가 되어
곱은 손을 녹이며 저 북방에 두고 온 처자에게 편지를 쓸
가슴이라도 남아 있는가 묻는다. 나는 당신을 처음 본 날을
잊지 못한다. 나의 로테, 나의 롤리타, 나의 베아트리체! 당
신은 근사했다. "수많은 사람 중에서 내 욕망에 꼭 들어맞
는 이미지를 찾기 위해 얼마나 많은 우연과 놀라운 우연의
일치가(그리고 어쩌면 얼마나 많은 탐색이) 필요했던가!"(롤

랑 바르트, 「사랑의 단상」) 당신은 그렇게 엄청난 우연 속에서 홀
연 솟아나 내 앞에 나타났다. 나는 당신에게 자주 편지를
썼다. 편지에서 그립다고 적을 때, 자음과 모음이 결합하여
만드는 사랑의 말들은 들끓었다. 그 사랑의 말들 속에는 슬
픈 굽힘들, 그리고 고뇌의 소용돌이가 있었다. 당신이 먼 곳
에 있을 때, 나는 사랑의 원심력으로 당신에게서 가장 먼
곳에 유배된 사람으로 산다. 어느 때는 우체국까지 갔다가
쓴 편지를 차마 부치지 못하고 돌아온 적도 있다. 내가 돌
아설 때, 눈가가 촉촉이 젖었다.

큰 눈이 왔다. 큰 눈이 온 뒤 폭설에 묻힌 세상은 고요해
진다. 이 고요 속에서 사물들은 한 치씩 물러나 앉는다. 큰
눈은 소리를 빨아들이는 습성이 있다. 그러니 큰 눈이 온
뒤에는 세상이 이렇게 고요해지는 것이겠지. 온통 눈부신
흰색으로 뒤덮인 설원과 고요는 잘 어울리는 짝이다. 큰 눈
내린 뒤 닷새째 시골집에 갇힌 채 무료함을 견디며 지낸다.
끼니때마다 혼자 밥을 끓이고 혼자 먹는다. 말은 일체 필요
없다. 날이 어두워지면 불을 끄고 혼자 잠든다. 내일 아침
엔 누군가 저 눈길을 밟으며 왔으면 좋겠다.

큰 눈이 오면,

발이 묶이면,

과부의 사랑舍廊에서처럼

편안함이

일편 근심이

뒤주 냄새처럼 안겨온다

큰 눈이 오면,

눈이 모든 소란을 다 먹으면,

설원雪原과 고요를 밟고

와서 가지 않는 추억이 있다

한 치씩 나았은 사물들 모두

제 아버지가 온 듯

즐겁고, 희고

무겁다.

장석남, '큰 눈'

시인은 큰 눈이 오면 아버지가 온 듯 즐겁고 희고 무겁다고
한다. 큰 눈이 내리는 산간지방에는 폭설로 길이 끊긴다. 고

산지대의 야생동물들이 고립되어 굶어 죽는 일도 드물지 않다. 짐승과 사람이 눈 속에 갇혀 오도가도 못 한다. 밤이 오자, 영하로 떨어진 기온에 눈이 언다. 나는 밖에 나가 숫눈을 맨손으로 뭉쳐 본다. 눈의 차가움이 뼛속까지 전달되는 듯하다. 몇 해 전 끼적인 문장이 떠오른다. "2012년 12월 5일, 첫눈이 내렸다. 아침에는 날씨가 쾌청했는데, 10시 너머 하늘이 흐려지더니 눈발이 날렸다. 금세 탐스러운 눈발이 공중을 장악한다. 중부지방에 대설주의보가 내렸다. 정오 무렵엔 길바닥에 제법 눈이 쌓였다. H출판사 김 주간을 만나 눈발을 뚫고 굴 전문 식당에 밥 먹으러 간다. 금세 외투와 머리에 눈이 하얗게 쌓인다. 눈이 내릴 때 도심의 소란은 가라앉고 고즈넉해진다. 식당에서 점심 식사를 마치고 나왔을 때 세상은 온통 흰 눈으로 덮여 백색 제국으로 탈바꿈해 있다." 첫눈이 온 날 밤, 다들 어디에서 무엇을 하고 있을까. 누군가는 소란스러운 술집에서 술을 마시고, 누군가는 회식이 끝난 뒤 첫눈을 검은 머리로 받으며 집으로 돌아갔겠지. 나는 혼자 누군가를 생각한다. 서울에 첫눈이 내렸어. 잘 있지? 잘 살고 있는 거지? 당신에게 첫눈이 내렸다는 소식을 전하고 싶었어. 지금 간절한 꿈 하나, 그것은 당신에게 따뜻한 차 한 잔과 노란 프리지어 꽃다발을 주고 싶다는 것이다. 그냥 그렇게 하고 싶다. 당신은 멀리 있다. 첫눈은 마음을 즐겁고 희고 무겁게 하지만, 당신은 손닿을 수 없는 먼 거리에 있다. 눈은 그치지 않는다. 낮밤을 가리지 않고 내린 눈은 이튿날에도 이어졌다. 실로 오랜만에 만난 대설大雪이다. 도처에 눈, 눈, 눈이다. 내가 사는 고장은 온통 눈으로 뒤덮여 백색 제국이다.

흰색 감수성은 사춘기 때 읽은 "접경의 긴 터널을 빠져나오니 눈이 많이 내리는 고장이었다"로 시작하는 가와바타 야스나리의 소설 「설국」의 첫 문장, 그리고 이어지는 "밤의 밑바닥이 하얘졌다"라는 문장에서 첫눈을 뜨고 벼려졌다. 눈이 얼마나 쌓여야 밤의 밑바닥까지 하얘지는 것일까를 상상조차 하지 못했다. 겨울이면 엄청난 눈이 쏟아지는 고장, 어둠과 눈이 품은 싸늘한 기운, 밤의 밑바닥까지 하얘지게 만드는 적설積雪! 「설국」의 시리도록 간결한 문장들이 독자를 흰 눈의 세상으로 데려간다. 작가가 말하는 국경은 군마현과 니가타 현의 접경지대를 일컫는다. 나는 오래도록 그 눈의 고장을 상상했다.

국경의 긴 터널을 빠져나오자, 눈의 고장이었다. 밤의 밑바닥이 하얘졌다. 신호소에 기차가 멈춰 섰다.

건너편 자리에서 처녀가 다가와 시마무라(島村) 앞의 유리창을 열어젖혔다. 차가운 눈기운이 흘러 들어왔다. 처녀는 창문 가득 몸을 내밀어 멀리 외치듯,

"역장님, 역장님—."

등을 들고 천천히 눈을 밟으며 온 남자는, 목도리로 콧등까지 감싸고 귀는 모자에 달린 털가죽을 내려 덮고 있었다.

벌써 저렇게 추워졌나 하고 시마무라가 밖을 내다보니, 철도의 관사官舍인 듯한 가건물이 산기슭에 을씨년스럽게 흩어져 있을 뿐, 하얀 눈빛은 거기까지 채 닿기도 전에 어둠에 삼켜지고 있었다.

가와바타 야스나리, 「설국」 중에서.

겨울이면 산하가 눈으로 뒤덮이는 고장! 눈이 내뿜는 빛은 눈을 찌르는 듯하다. 눈의 흰색은 여백이고 부재이다. 흰색은 그 무엇과 접촉하는 찰나 오염되고 마는 순수의 극점이다. 흰색이 무한한 긍정성을 품을 때 그것은 신의 권능, 도덕적 깨끗함, 순수와 진리의 표상이다. 검은색이 죽음이나 절망과 같은 무겁고 혼탁하며 불길하고 부정적인 힘을 드러낸다면, 흰색은 검정과 대조되면서 가볍고 순수한 빛과 기쁨 따위를 뿜어내며 빛난다. "흰색이 모든 색채의 현존이라면, 검은색은 모든 색채의 가능성이다"(크리스토퍼 듀드니). 흰색은 모든 색채의 현존으로 뚜렷하다! 희디흰 눈(雪)만큼 흰색의 정체성을 더 잘 드러내는 것은 없다. 흰 눈과 더불어 백합, 우유, 쌀로 지은 밥이 흰색이다. 흰색은 깨끗하지만 그래서 가장 먼저 더러워지고 때를 탄다. 이른 봄 하동 매화의 흰빛, 전군가도全郡家道에 난분분 흩뿌리던 봄날의 희디흰 벚꽃들, 오대산 월정사에서 보았던 정월 보름 달빛의 흰빛, 폭설로 뒤덮인 겨울 설악의 흰빛, 눈 내린 뒤 장지문을 환하게 물들이던 흰빛. 달과 눈은 희고, 조선백자 달항아리도 희고, 자작나무의 수피樹皮도 희다.

무엇보다도 흰색은 알과 젖의 색이다. 새끼에게 수유하는 모든 포유류의 유두에서 흘러나오는 생명의 수액은 하얗다. 조류의 알들 역시 흰색 일색이다. 그 까닭은 무엇일까? "백의 안에 현실적인 생명이 깃들어 있다. 그것이 저세상과 이세상의 경계로서의 피막인 알의 껍데기를 깨고 나왔을 때, 이제 더는 백이 아닌 동물 본연의 색을 띤다. 생명체로서 이세상에 탄생한 동물은 이미 카오스를 향하여 걷기 시작했다는 의미를 내포한다."(하라 켄야, 「백白」) 하얀 새의 알도 하얗고, 검은 새의 알도 하얗고, 붉은 새의 알도 하얗다. 어디 그뿐인가! 뱀의 알도 하얗고, 악어의 알도 하얗다. 생명의 원형을 감싸고 있는 껍질들은 모두 하얗다. 알의 흰색 피막皮膜은 생명과 이 세상 사이에 가로놓인 경계의 색이다. 조류와 파충류는 그 흰 껍질을 깨고 나와 세상에 생명체로서의 생을 시작한다.

흰색에 대해 얘기할 때 조심스러워지는 것은 흰색이 늘 색채의 위상학 너머에 있기 때문이다. 흰색은 그냥 하얗게 보이는 색이 아니다. 그것은 색채 이상이다. 흰색과 만날 때 감각과 감수성은 파르르 떨며 파동을 일으킨다. 흰색이 미의식의 원점에서 우리 감각에 깊이 관여한다는 증거다. 흰색은 쉽게 범접할 수 없는 신성함을 안으로 품고 고요한 가운데 오연傲然하게 빛난다. 흰색은 색의 범주를 벗어나 터져 나오는 빛으로 인지된다. 오스트발트의 표색계에서 분류한 색채들의 물질성이 아득하게 휘발되어 버리는 소실점에서만 흰색이 홀연 떠오른다. 흰색은 색채의 향연 속에 있되 색의 부재로써 자신의 존재성을 증명하는 유일한 색채이다. 그러므로 흰색을 뜻하는 백白은 "모든 색의 종합임과 동시에 무색이며, 색을 벗어난 색"(하라 켄야, 앞의 책)이다. 모든 색채는 무색에서 색의 굴레를 벗고 그 궁극으로 돌아간다. 흰색이 자주 공空과 무無와 결부되며 망각의 표상이 되는 것은 자연스럽다.

노랑

봄빛의 산란散亂, 그 아찔한 현기증

막 개화를 시작한 산수유꽃과 개나리꽃들이 제 속에 품은 노랑들을 바깥으로 힘껏 밀어내며 들과 산의 칙칙한 무채색을 무찌른다. 졸음을 부르는 봄날의 노곤함에는 노랑이 아른거린다. 노랑은 겨울의 죽음을 무찌르는 생명의 약동이다. 노랑은 금빛으로 반짝이는 햇빛, 노랑나비, 병아리, 유자, 귤, 수선화, 산수유꽃, 논병아리 등등에서 나타난다. 제주도 척박한 땅에 봄이 왔음을 알리는 전령이 바로 수선화다. 수선화는 일찍 피고 일찍 진다. 이 노랑꽃이 빨리 피고 지는 속절없음에서 우리는 젊음의 속절없음과 요절의 안타까움을 환기한다.

노랑의 본질은 명랑함에서 가장 잘 드러난다. 이때 노랑은 원한과 가책 없이 누릴 수 있는 무량한 기쁨이자 행복이다. 봄빛의 산란散亂 속에서 아찔한 현기증을 일으키며 돌이킬 수 없는 아름다움으로 노랑이 세상에 번질 때 노랑은 도처에 자발성과 낙관주의라는 행복 바이러스도 함께 퍼뜨린다. 노랑과 금빛은 때때로 하나의 색으로 분류된다. 이때 노랑과 금빛은 태양 상징을 사이좋게 나눠 갖는다.

노랑은 어떤 원색보다 양의적인 색깔이다. 노랑이 행복과 풍요, 덕성을 표상하는 색이면서 동시에 질병과 사별, 질투와 분노를 표상하는 색이기도 하다. 그러나 노랑의 순도 높은 광도光度는 세상이 아직은 살 만하다는 물증이다. 노랑은 가볍지만 질량이 높다. 그 질량 때문에 제 안에 가득 찬 노랑은 다시 바깥으로 밀려 나와 노랑으로 제 입지를 구축한다. 노랑이 본질로써 보여주는 가벼움과 발랄함은 온갖 도덕과 강령의 무거움들, 그로 인한 우울증들을 단박에 추문으로 만든다.

세상의 어떤 감옥이나 정신병동도 노랑을 가둘 수는 없다. 노랑은 순진무구, 늘 새로운 시작, 뼛속까지 무죄無罪다. 봄날 하늘 높이 솟구쳐 노래하는 종달새는 노랑의 전령사다. 보리밭 위 공중에 높이 떠 우는 종달새는 노랑을 낭랑한 청각 신호로 바꾼다. 종달새는 청아한 소리로 봄의 하늘에 제 노래의 씨앗들을 뿌린다. 종달새가 공중에 뿌린 씨앗들은 노란 꽃을 피운다. 하늘의 종달새, 땅의 수선화! 종달새는 노래하고, 수선화는 노랗게 꽃을 피운다. 봄이 왔다고! 봄이 왔다고!

노점상 좌판에 쌓인 귤들을 쳐다본다. 수북하게 쌓인 귤들은 샛노랗다. 귤 무더기는 노랑의 덩어리다. 그 노랑의 덩어리는 봄의 전조前兆다. 내가 귤 무더기 앞에서 멈춰 서서 노랑의 노래에 귀를 기울이는 것은 그것이 먼저 와 있는 봄이기 때문이다. 귤나무는 본디 남국의 나무다. 굴원은 귤나무를 두고 "부여받은 천명을 지켜 옮겨 살지 않고 남국에서 자란다"고 쓴다.

귤나무는 삼국시대 때 중국에서 우리나라로 들어온 것으로 알려져 있다. 고려 때, 제주도에서 수확한 귤을 고려 임금에게 공물로 바쳤다는 기록이 나온다. 「고려사」(전7권, 문종 6년 3월)의 기록에 따르면 "탐라국에서 세공歲貢으로 바치는 귤의 양을 100포包로 바꾸어 정하였다"는 문장이 나온다. 귤나무는 온길溫桔, 길자桔子, 감자목柑子木, 온주밀감溫州蜜柑 등으로 부르기도 한다. 귤나무에는 죽은 쥐가 좋다는 속설이 있다. 「사림광기」에서 "오줌독 안에 죽은 쥐를 빠뜨려서 다시 떠올랐을 때 귤나무 뿌리 근처에 묻으면 이듬해에 반드시 무성해진다"라고 했다.

서귀포 감귤 밭에서 기름진 땅의 자양분과 햇빛을 듬뿍 받고 염분을 품은 해풍을 맞으며 노랗게 잘 익은 귤들이 내륙으로 올라온다. 귤은 사철 내내 먹을 수 있지만, 특히 겨울에 나는 게 제철 과일로 으뜸이다.

귤은 둥글다. 사과, 감, 대추, 밤, 귤 따위가 증거하듯 모든 과일들은 성숙하면 둥근 형태를 띤다. 내 무의식에서 둥근 것은 노랑과 결부된다. 노랑과 둥근 것은 한 쌍이다. 둥근 것에 색깔이 있다면 그것은 틀림없이 노란색일 테다. 둥근 것은 생명의 원숙圓熟이 도달하는 궁극의 도형圖形이다. 자궁, 젖가슴, 수태한 배 따위는 둥글다. 자궁은 생명이 담기는 그릇이고, 젖가슴은 수유를 통해 어린 생명을 기르는 도구다. 둥근 것은 생명을 낳고 기르며 포용하는 모성과 여성 원리를 상징한다. 어머니는 둥근 것의 궁극을 지닌 존재다. 둥근 것은 쫓기는 자에게 피난처이자 안식처이기도 하다. 한 시인은 둥근 것에 대한 예찬을 이렇게 풀어 놓는다.

거리에서

아이들 공놀이에 갑자기 뛰어들어

손으로 마구 공 주무르는 건

철부지여서가 아니야

둥글기 때문

거리에서

골동상 유리창 느닷없이 깨뜨리고

옛 항아리 미친 듯 쓰다듬는 건

훔치려는 게 아니야

이것 봐, 자넨 몰라서 그래

둥글기 때문

거리에서

노점상 좌판 위에 수북수북이 쌓아 놓은

사과알 자꾸만 만지작거리는 건

아니야

먹고 싶어서가 아니야

돈이 없어서가 아니야

모난 것, 모난 것에만 싸여 살아

둥근 데 허천이 난 내 눈에 그저

둥글기 때문

거리에서
좁은 바지 차림 아가씨
뒷모습에 불현듯 걸음 바빠지는 건
맵시 좋아서가 아니야
반해서도 아니야
천만의 말씀
색골이어서는 더욱 절대 아니야
둥글기 때문
불룩한 젖가슴 도톰한 입술
새빨간 젖꼭지나 새빨간 연지
그 때문도 아니야
뚫어져라 끝내 마주 쳐다보는 건
모두 다 그건
딱딱한 데, 뾰족한 데 얻어맞고 찔려 산 내겐
환장하게 보드랍고 미치고 초치게
둥글기 때문

김지하, '둥글기 때문에'

이 시를 처음 읽었을 때 가슴에 밀려드는 뭉클함으로 한참 애잔함 속에 잠겨 있었던 기억이 난다. 그는 얼마나 아팠을까. 얼마나 아팠으면 이런 시를 썼을까. 공, 항아리, 귤, 젖가슴, 입술, 엉덩이, 알· 같은 둥근 것들은 모두 부드럽고 매끈하다. 시인은 미친 듯 둥근 것들을 쓰다듬고 싶어 한다. 시인은 제가 철부지가 아니라고 했지만 둥근 것을 쓰다듬고 주물럭거리고 싶은 욕망은 그가 철부지라는 증거다. 철부지들은 제가 좋아하는 것들을 보면 우선 쓰다듬고 주물럭거리는 법이다. 둥근 것은 모성의 원체험과 관련된다.

세상은 뾰족하고 딱딱한 것들의 천지다. 그 딱딱하고 뾰족한 것들에 얻어맞고 찔리며 살아온 시인이 보드라운 둥근 것들에 매혹당하는 것은 당연하다. 내가 자꾸 귤을 손에 들고 주물럭거리는 것은 둥글기 때문이다. 둥근 것의 유혹은 뿌리치기 힘들다. 유아기에 빤 엄마의 둥근 젖에 대한 무의식의 기억이 있을 것이다. 아기들은 젖을 빠는 동물이다. 아기들은 결코 발랄하지 않고 우아하지도 않다. 아기들은 배고프면 울고 젖을 물려 배가 차면 잠든다. 아기들은 본능에 따라 움직인다. 그게 바로 동물이라는 증거다. 아기들이 엄마 젖을 만지고 빠는 동안 둥근 것에 대한 감각적 친화력이 무의식 안에 만들어진다. 엄마의 둥근 젖을 손으로 쓰다듬으며 작은 입술로 빨던 시절은 다시는 돌아갈 수 없는 노랑의 시절이다.

엄마의 둥근 젖은 노랑의 기쁨, 노랑의 행복을 상징한다. 어른이 된다는 것은 그 노랑의 시절을 잃어버린다는 것이다. 청소년기에 방황하는 것은 그 노랑의 낙원을 잃어버린 상처 때문이었다. 방황하는 영혼들은 무의식에서 자기에게 생명의 양식을 넘치도록 준 둥근 것을 찾는다. 정신분석학자들이 어른들이 담배를 물고 빠는 것은 유아기 때 젖을 빨며 맛본 원초적 향락을 못 잊기 때문이라고 말한다. 노랑의 시절, 노랑의 낙원에서 추방된 어른들은 불쌍하고 불행하다. 담배라는 대체물은 노랑의 낙원을 잃어버리고 불행의 구덩이에 내동댕이쳐진 어른들이 기어코 찾아낸 물리적 보상이다. 엄마 젖을 빨던 행복감을 흡연 습관에 내재된 향락으로 대체하며 이어가려는 이 가엾고 하염없는 인간의 욕망이라니!

초록

땅과 하늘을 잇는 사다리의 색

초록은 금성의 색깔이고, 일반적으로 "식물들의 중재적 색"으로 알려져 있다. 초록은 잿빛 죽음에서 다시 태어나는 색이다. 풀과 나무의 초록은 만물이 소생하는 봄을 장식한다. 땅과 물과 태양이 있는 모든 곳에서는 나무가 자란다. 나무는 땅에 뿌리를 박고 움튼 뒤 빛을 향하여 가지를 뻗고 잎사귀를 펼쳐 번성하다가 죽는다. 나무는 대체로 위로 솟아 옆으로 퍼지는 생태를 가졌다. 나무는 태양의 순환과 더불어 다시 살아난다. 죽었다가 다시 소생하는 나무는 "우주가 베푸는 무궁한 생명을 상징"한다. 나무는 상징 세계에서는 땅과 하늘을 잇는 사다리고, 세계를 떠받치는 축이다. "나무는 인간의 '척추'이며, 세계의 중심인 성전을 버티는 기둥이었다." 나무는 우주의 신성에 대한 상상을 일으키는 매개물이다. 나무는 인류의 상상 속에서 세계를 떠받치는 우주목宇宙木, 혹은 세계수世界樹이고, 창세기의 에덴동산 중심에 서 있던 생명수生命樹다.

공중으로 가지를 뻗고 땅으로 뿌리를 뻗는 나무는 여성성과 남성성을 동시에 다 갖고 있다. '여자로서의 나무'는 양육하는 여성의 원리, 대지모신을 상징한다. 반면 '남자로서

의 나무'는 대지에 생명을 수태시키는 강인한 생명력의 상
징이다. 그 자체로는 쇠락과 쇄신의 영원한 사이클에 처해
있는 남성 에너지를 나타낸다. 삼라만상森羅萬象은 우주의
모든 것을 뜻하는 말인데, 삼森은 나무들이 어우러진 것을
본뜬 상형문자이고, 라羅는 벌여 놓은 것을 뜻하는 상형문
자다. 두 문자가 합해져 삼라森羅를 이룬다. 삼라森羅는 인
류에게 거주와 양식의 필요를 충족시키는 어머니와 같은
존재였다. 나무는 인류가 숨 쉬는 데 필요한 산소를 공급하
고, 그 뿌리와 열매들은 양식이 되었다. 이렇듯 인류는 지
구에 나타나 삶을 시작한 이래 줄곧 수목에 기대어 양식과
거처를 구하고 살아왔다. 인류가 지속 가능한 성장을 이룰
수 있었던 데는 수목들이 이바지하는 바가 컸다. 이렇듯 인
류의 생물학적, 물질적, 정신적 생존이 나무와의 공존 속에
서 이뤄졌다는 사실을 통찰한 우석영은 인류가 '수목인간
(Homo Arboris)'이라고 주장한다.

봄에 움트는 초본식물들은 다 초록이다. 겨우내 빈 가지로
서 있던 활엽의 나무들은 가지마다 초록색 잎들을 피워 낸
다. 나무들은 비탈이건 평지이건 가리지 않고 수직으로 늘

름하게 서서 잎들을 기르고, 그 잎으로 광합성을 한다. 메마른 땅이건 기름진 땅이건 가리지 않고 자라는 나무들은 숫제 대지 위에 직립한 초록 불꽃들이다. 봄 산은 온통 초록 불꽃으로 이루어진 나무들로 인해 질펀한 초록의 향연을 펼쳐 낸다. 초록이 번지는 숲과 마주설 때 인류와 숲을 이루는 나무들은 미토콘드리아 수준에서 동등하다. 초록 식물들은 환경과의 대순환이라는 고리 안에서 흐름이고, 생명의 노래다. 초록은 그 자체로 진리요 빛이요 생명이다. 초록 일색으로 물든 숲은 경이로운 알파요, 기적의 오메가다.

4월이 되면 나는 집에서 가까운 서운산을 찾아 오른다. 초록은 동색同色이 아니다. 초록은 초록 안에서 수많은 초록의 동일계 색상으로 분화한다. 그게 초록의 다채로움이다. 어제 갔던 서운산과 오늘 오르는 서운산은 벌써 다른 산이다. 어제 뻐꾸기 울고 오늘 뻐꾸기 울건만 그 산은 그 산이 아니다. 초록의 마법에 걸려 변신하는 산들. 아무리 귀를 기울여도 크고 작은 나무들이 직립해 있는 숲은 새소리와 바람 소리 말고는 다른 소리가 없다. 정말 그럴까? 초록의 나무들은 사람들의 가청可聽 능력을 벗어나는 저주파로 대화를 나눈다. 참나무는 참나무끼리, 서어나무는 서어나무끼리, 산딸나무는 산딸나무끼리 저주파의 음성으로 대화를 나눈다. 그게 초록의 영혼들이 나누는 초록의 말이다. 4월의 숲은 빽빽하게 들어찬 나무마다 광합성을 하고 엽록소를 만들고 신진대사를 하는 소리 없는 소리들로 시끌벅적하다. 초록은 생명이 창궐하는 신호다. 숲에 번지는 저 신생의 기운은 막을 수 없다.

초록은 봄의 색이다. 나라가 망하건 흥하건 상관없이 봄풀은 돋아난다. 초록이 번지는 들에서 우리는 새로운 날들의 희망을 가만히 품어 본다. 초목에 물이 돌고 초록은 걷잡을 수 없이 번져나가며 생명의 번성을 예고한다. 초록은 아프다. 초록이 아픈 게 아니라 초록을 바라보는 가슴이 아프다. 식물들은 가혹한 겨울의 시련을 견디고 마침내 봄에 초록의 잎들을 내놓는다. 여름 한철 열심히 광합성 작용을 하며 나무의 생장을 돕는다. 잎들은 나무의 생장에 불가결한 광합성 작용을 하지만 언제나 주목받는 것은 꽃이나 열매다. 잎들 본연의 임무는 꽃과 열매를 위한 끊임없이 노동이다. 그러나 가을이 되면 누렇게 변한 잎들은 가지에서 덧없이 떨어져 나간다. 낙엽들은 흙과 빗물로 뒤섞이며 썩어 나무들에 자양분을 공급하는 부엽토가 된다. 이게 봄에 나오는 초록 잎들의 운명이다.

나라는 망해도 산하는 여전하고
옛 성에 봄이 닥치니 초목은 우거지네.
세월이 스산하니 꽃에도 눈물을 짓고
이별이 한스러우니 새소리에도 놀라는 것.
봉화는 석 달이나 끊이지 않아
만금 같이 어려워진 가족의 글월.
긁자니 또다시 짧아진 머리
이제는 비녀조차 꽂지 못하리.

두보, '춘망春望'

두보의 생애는 불우했다. 두보는 하남성 낙양 근처 공현에서 태어났다. 측천무후 때 시인으로 명망이 높았던 두심언 杜審言이 그의 조부다. 집안 어른이 시인이었다는 사실이 두보에게는 커다란 자긍심의 근거가 되었다. 일곱 살 무렵에

벌써 시를 짓기 시작하고, 열네다섯 살 무렵엔 시인들의 모임에 끼일 정도였으니, 문재는 일찍부터 나타났다고 보아야 할 것이다. 스무 살에 집을 떠나 남방 일대를 유람한 뒤 돌아와서 과거에 응시하나 낙방한다. 이듬해에 다시 집을 떠나 산동성과 하북성 일대의 명승고적지를 하릴없이 탐방하며 세월을 보낸다. 가정 형편은 궁핍하고, 그 궁핍을 어찌해 볼 도리가 없는 두보의 마음에 시름은 깊어 갔다. 그 뒤로도 살림 형편은 좀처럼 나아지지 않았다. 식구를 먹여 살리기 위해 산에서 도토리도 줍고, 들에 나가 마도 캐곤 했다. 문재는 뛰어났으나 살림을 꾸리는 데는 무능했다. 기껏 황제에게 글을 써서 바친다든가, 권문세가에게 장문의 시가를 써서 환심을 산다든가 해서 벼슬자리를 꿰차려고 도모한다. 마흔셋에 가족을 장안으로 옮기지만 생계가 막막하여 처자를 봉선현의 지인에게 맡겼다. 시를 써서 고관에게 바치며 벼슬하려 애를 쓰지만 여의치 않았다. 아첨으로 벼슬자리를 구하니, 그 마음이 비루할 터. 마음을 비루함에 두어도 여전히 살길이 막막하여 처자를 끌고 가 처가에 맡겨 놓기도 했다. 그것도 가장의 위신이 서지 않는 일이다.

두보의 나이 마흔넷에 낙양이 반란을 일으킨 안녹산의 수중에 떨어진다. 775년에 안녹산은 반란을 일으켜 황제 자리를 취하고, 현종은 혼비백산하여 장안에서 도망가는 신세로 전락한다. 두보는 숙종이 영무에서 즉위한다는 소식을 듣고 그리로 가려다가 반란군에게 붙잡혀 장안에 강제로 유폐되어 있었다. 그때 쓴 시다. 나라가 망했다고 생각하니, 마음이 침통하고 암울했다. 자연은 나라의 흥망 따위에는 전혀 무심하다. 나라가 망한 뒤 그 나라에 봉직에 있던 이들은 다 흩어졌건만, 봄은 오고 인적이 끊어진 옛 성에도 수목이 우거진다. "나라는 망해도 산하는 여전하고/옛 성에 봄이 닥치니 초목은 우거지네"와 같은 세상에 널리 알려진 절구는 간난艱難이 없었다면 나오기 어려웠을 테다. 나라가 망했어도 그걸 알 리 없는 꽃은 피고 새도 운다. 잔맹殘氓으로 꽃을 보고 새소리를 듣는 이의 마음은 찢어진다. 그러니 "세월이 스산하니 꽃에도 눈물을 짓고/이별이 한스러우니 새소리에도 놀라는 것"이리라. 두보의 가슴에 아로새겨진 슬픔과 애처로움이 고스란히 드러나 있다.

녹색

꺼지지 않는 희망, 불행들아 비켜서라!

녹색은 초록의 자매색이다. 초록에서 나온 녹색은 초록이 그렇듯이 성장과 재생이라는 긍정적인 의미의 신호로 많이 쓰인다. 녹색은 식물에서 많이 발견되는데, 특히 브로콜리, 키위, 아스파라거스, 오이, 완두콩, 파 따위가 녹색이다. 녹색 채소를 씹을 때에는 아삭하고 상큼하다. 특히 녹색은 녹십자를 상징하는 색이다. 초록의 상징으로 일컬어지는 완전함, 불멸성, 장수, 힘, 마법적인 힘을 녹색도 공유한다. 녹색은 시들지 않는 젊음, 회생, 풍요함, 꺼지지 않는 희망의 색이다. 녹색이 평화와 휴식, 위로와 치료를 상징하는 것은 그만큼 안정되고 편안한 느낌을 준다는 뜻이다. 실제로 녹색은 시신경의 피로를 덜어 주고 교감신경계에 긍정적인 작용을 한다. 녹색을 치유의 색으로 분류하는 것은 타당하다. 무엇보다도 녹색은 여름 나무들의 색이다. 녹음綠陰이 울울창창한 숲은 대지의 기운을 빨아들여 녹색의 불꽃처럼 타오른다.

비가 개인 날
맑은 하늘이 못 속에 내려와서
여름 아침을 이루었으니

녹음綠陰이 종이가 되어

금붕어가 시를 쓴다

김광섭, '비 개인 여름 아침'

전대미문의 여름이 천천히 지나간다. 햇볕은 화상을 입힐
듯 뜨거웠다. 덕분에 내 팔다리는 약간 그을리고, 마음은
고독했다. 이 여름을 지내며 아가미가 새로 생기지는 않았
지만 나는 조금 더 염세적이 되었다. 장밋빛으로 물든 하
늘, 찐 감자, 수제비, 붉은 속살을 드러내는 수박, 짧은 연애
의 끝, 뱀의 탈피, 토란잎들을 실로폰처럼 두드리는 빗발, 잔
인한 일광 속에서 무뚝뚝한 고속도로, 자지러지는 매미들
의 울음소리. 연못에서 수련은 피었다가 지고 다시 피었다
가 지기를 되풀이한다. 수련은 빛에 민감하다. 수련은 빛이
넘치면 피고 빛이 사라지면 꽃봉오리를 닫는다. "녹음이 종
이가 되어 금붕어가 시를" 쓰는 세계와 나 사이에 오감五
感이 있다는 것은 축복이다. 오감에도 멀고 가까움에 따른
서열이 분명하다. 먼 곳을 인지하는 시각이 최상위에 있고,
신체가 닿는 거리에 있는 것만을 인지할 수 있는 미각과 촉

각이 최하위에 있다. 오감 외에도 통각이나 체성 감각 같은 감각들이 있다. 공감각은 하나의 감각을 다른 감각으로 바꾸는 능력인데, 이것이 발달한 사람들은 소리에서 색을 보고 색에서 소리를 듣는다. 칸딘스키 그림에서 음악을 듣는 것이나 '비 개인 여름 아침'에서 시각적인 것의 돌연한 청각화로의 전화轉化는 우리 안의 공감각 덕분이다. 여름 아침. 녹음이 우거지고, 깨끗한 못물 속에 들어온 맑은 하늘. 그 안에서 금붕어가 노닐고 있다. 이 시는 눈으로 읽을 게 아니라 귀로 들어야 한다. 천지는 온통 녹음. 이 묵음黙音의 세계에는 바람이 불 때마다 제 몸을 쳐서 챙캉챙캉 우는 산사의 풍경 소리가 한 묶음 스며 있다. 눈 감고 녹음에 물든 소리를 듣고 있자면 내 몸에도 어느덧 녹음이 물든다.

숲이 사람 세계와 떨어진 곳이라고 해서 조용한 것은 아니다. 숲속은 온갖 소리들의 향연으로 흥청댄다. 눈을 감으면 그 소리들이 극명해진다. 시끄러운 건 매미 소리다. 매미 소리는 제재소 나무 켜는 소리 같다. 매미는 높은 나무에 붙어 운다. 고귀한 삶이긴 하지만 이슬만 먹고 사니 부유하다고 할 수는 없다. 애당초 배부르기 어려운 낮은 벼슬아치의 삶이나 다름없다. 그래서 매미의 노래에는 한이 서려 있다. 낮은 벼슬아치로 여러 지방을 전전하다가 오랜만에 고향으로 돌아온 시인은 그런 매미의 생태에 비추어 제 청빈한 삶의 만족을 유추한다. 그밖에 새소리, 바람 소리, 바람에 서걱거리는 나뭇잎 소리, 도토리 떨어지는 소리, 다람쥐 움직이는 소리, 어디선가 가늘게 흐르는 물소리… 그 소리를 제압하려면 세상의 소리, 색깔, 빛, 느낌을 분별하는 감각을 잠재우는 도리밖에 없다. 들숨과 날숨에 정신을 집중하다가 몸이 세계와 접속하는 일체 감각을 잠재우면 어느 순간 벼락같이 고요가 온다. 고요는 밖에 있지 않다. 밖에 있지 않은 것을 밖에서 구하면 소용이 없다. 고요는 내 안에 있다. 내면의 침묵이 청정한 고요를 만든다. 몸과 마음이 고요에 들면 그게 피안이다. 피안에는 선악, 미추, 애증, 춥고 더운 것, 슬픔과 기쁨이 따로 없다. 무분별의 경지에 드는 것이다.

눈을 번쩍 뜬다. 눈과 동시에 귀가 환하게 열린다. 폭포에 물 떨어지는 소리처럼 매미 소리가 귓속으로 쏟아진다. 요즘 '매미'라는 제목으로 시 두 편을 썼다. "허물을 벗는 이

거사居土,/여름 소음의 절반은 이 거사의 책임이다./땅 속에
서 칠 년,/땅 위에서는 보름을 산다.//오늘 허물을 한 번 벗
었다./보름 동안에/몇 번 죽고/몇 번 다시 살아야 한다."(졸
시, '매미') 매미의 생태는 비극적이다. 여름 한철, 정확하게 말
하자면 보름 남짓의 삶을 위해 일곱 해를 땅속에서 기다려
야 한다. 그 보름 남짓의 생도 허물을 벗느라 며칠을 흘려보
내야 한다. 그래도 매미는 불만이 없다. 그저 꿋꿋하게 숲속
에서 우는 것이다. 그 씩씩한 기상이 대견하다. 또 한 편의
시는 다음과 같다. "종일 시끄럽다./저 숲속의 합창단원,/밤
의 근간에서 나온 매미들,//여름 한철 끝나면/가무일체歌舞
一切의 일생도 끝이다.//목청 찢어질 듯 고음의 노래 그친/
숲속은 돌연 적막하다."(졸시, '매미') 매미를 숲속의 합창단원
으로 보는 것은 어린애 같은 천진한 발상이다. 매미가 밤의
근간에서 나왔다 함은 암흑 같은 땅속 일곱 해의 인고 세
월을 말하는 것이다. 보름 남짓한 짧은 생이 보람이 있는 것
은 그 삶이 가무일체를 이루는 예인의 삶이기 때문이다. 그
러나 여름 한철로 한생을 접는 것은 아쉽다. 우리가 칠십
인생을 산다고 해서 여름 한철 청정한 울음을 쏟다가 생을
접는 매미보다 낫다고 할 수는 없다. 문제는 어떤 삶을 살

았느냐 하는 것이다. 사는 날의 숫자가 아니라 사람의 본분
을 다하고 살았느냐가 핵심이다.

이미 금광호수 건너 산의 녹음은 짙어지다 못해 검푸르다.
바람에 일렁이는 저 청산을 장악한 녹색 무리의 군무는 그
율동감이 숨이 막힐 정도로 생동한다. 저 녹음이 우거진 산
을 친구 삼고 저 아래 물을 이웃 삼아 앉아 눈을 열어 유월
의 햇빛이 끓는 들을 내다본다. 공중에는 귀여운 바람둥이
종달새들이 포롱포롱 날아오른다. 풀밭들은 겸손하고 언덕
들은 푸르게 늠름하다. 온천지에 생동하는 이 생령들이 뿜
어내는 기운이 내 메마른 가슴에 활력이 샘같이 솟는다.

자, 앞을 가로막고 서 있는 불행들아, 비켜서라! 저 녹색의
교향악을 들으며 심중 깊은 곳에 직지直旨 하나를 키우는
것이 배산임수의 땅에서 사는 보람이다. 벌써 봄이 끝났는
가, 한낮 온도가 30도를 넘어선다. 그 땡볕 아래를 걸으면
정수리가 녹을 듯 뜨겁다. 두개골 안의 뇌수가 끓으면 그
안에 깃든 편두통이나 일으키며 불화하던 번뇌의 습기마저
남김없이 증발하고, 나는 곧바로 열반에 든다. 열반에 들어

땀까지 흘리며 낮잠을 자다가 깨어나면 어느덧 한낮의 기운은 기운다. 소슬한 저녁이 어린 바람 몇 자락을 늦둥이처럼 거느리고 탬버린을 치며 다가온다. 저 무논과 하천에서 개구리와 맹꽁이들이 사납게 울어 댄다. 저 맹렬한 울음은 슬픈 노래가 아니다. 저것은 생식의 노래다. 천지의 암컷들은 수컷들을 부르고, 수컷들은 암컷들을 부른다. 밤은 이 대지에 살아 있는 모든 것에게 제 젖을 물려 양유羊乳를 먹인다. 이 양유는 검다. 내가 마시는 우유는 검은 우유다.

누가 있어 그윽하게 홀로 텅 빈 숲속에서 사는 뜻을 알랴! 오늘 하루도 아무도 찾아오는 이 없는 집을 지키며 보냈다. 나 홀로 고고하다고 할 수는 없다마는 혼자 밥 끓이고 책을 벗 삼아 사는 이 외롭고 호젓하고 넉넉한 삶의 기쁨과 보람을 그 무엇과도 바꾸고 싶지는 않다. 모란과 작약도 지고 난 뒤 남은 꽃들도 차례대로 피었다가 지리라. 오는 봄은 곧 가는 봄이다. 왔던 봄이 가지 않고 머무는 법은 없다. 봄이 가면, 여름 해도 저물고, 소슬한 가을바람 불어온다. 추운 계절이 천지에 닥치면 조락凋落과 낙화는 꽃과 풀들이 피할 수 없는 법! 풀이 시들고 꽃이 지고 한번 태어난 것은 반드시 죽어 떠나기 마련인 것을! 사람이나 초목이나 꽃이나 그 번성과 영화가 영원할 수는 없는 것임을! 그러니 그대의 번성함과 영화를 자랑하지 마라. 정녕 그대는 가슴에 품은 꽃다운 뜻을 이루었는가? 꽃다운 뜻을 이루었다면 그 성취의 보람과 기쁨을 만끽하라. 허나 꽃다운 뜻을 이루지 못했다고 낙망할 필요는 없다. 못 이루면 못 이룬 데로 음양의 조화 속에서 조촐하게 누리는 생이 있다. 무논에서 우는 저 개구리들은 음양의 조화를 터득했음이 분명하다. 달빛 비치는 이 늦은 봄밤의 아늑함을 음양의 조화를 아는 그들과 나누리라.

파랑

지치고 힘들 때에는 파랑의 왕국으로

파랑은 깊다. 깊이를 가늠할 수 없을 만큼 심연을 품은 색이다. 드넓음과 고요함에 색깔을 입힌다면, 그건 단연코 파랑이다. 파랑이라는 깊이 앞에서 어떤 존재의 약동도 하찮은 재롱에 지나지 않는다. 청명한 가을날의 하늘은 파랗다. 이때 파랑은 닿을 수 없는 아득함이고 만질 수 없는 신비, 그리고 정신적 숭고함의 깊이로 빛난다. 쾌청한 가을 하늘의 파랑은 그렇게 인간과의 무연성無緣性으로 더욱 파랗게 다가온다. 그걸 뚫어지게 응시하고 있으면 그 파랑 속으로 빨려 들어갈 것만 같다. 파랑은 어떤 경우에도 비매품이다. 값을 매길 수 없을 만큼 고귀해서다.

처음으로 지구 밖에서 청보석으로 빛나는 이 별을 바라본 소련 사람 유리 가가린은 그 아름다움에 넋을 잃는다. 파랑은 불가사의한 신비와 아름다움을 실현한다. 파랑은 심연, 영원의 심상, 신의 신성함과 연결된다. 파랑은 인간이 쉽게 범접할 수 있는 신성의 기미를 머금고 있다. 파랑은 이빨과 발톱이 피로 붉게 물든 야생의 세계, 죽임과 죽음이 있는 이승, 생명과 죽음의 순환이 그친 저 너머에 펼쳐진 또 다른 세계의 색깔이다. 파랑은 구원, 안식, 피안의 계시적 예

시다. 지치고 힘들 때마다 파랑의 왕국으로 망명하고 싶다.

파랑은 푸름을 바탕으로 하는 색이다. 푸르른 날은 젊은 날
이고, 대기가 청명하게 개인 날이겠다. 기분이 좋아지고 인
생이 달콤하다고 느낄 만한 날이다. 그러니 가슴에 관용과
낙관주의를 품는다 해도 이상할 게 없을 테다. 시인은 "눈
이 부시게 푸르른 날은/그리운 사람을 그리워하자" 하고 노
래한다. 누군가를 그리워하는 사람은 제 속에 눈이 부시게
푸르른 날을 품은 사람이다. 그리움은 여기가 아니라 저기
먼 곳에 있는 누군가를 가슴에 품은 사랑이다. 여기와 저
기 사이는 먼 데, 그것은 여기와 저기 사이의 물리적 거리
에다 심리적 거리가 더해지기 때문이다. 어쨌든 보지 못 하
고 만질 수 없고 가질 수 없으니 그리워하는 것이다.

그리움은 무無를 안고 추는 춤이어서 애틋하다. 이 그리움
을 시간이 짓밟고 지나간다. 계절은 봄에서 여름으로, 여름
에서 가을로 바뀐다. 봄꽃 지고 가을꽃 피고, 초록의 잎들
은 단풍으로 물든다. 어느 날 눈이 펄펄 날린다. 세월이 지
난다고 그리움은 퇴색하지 않고 오히려 더 생동한다. 그게

그리움의 생리다. 눈이 오면 어이하리야. 봄이 오면 어이하리야. 몸속에 지닌 지병처럼 그리움은 가슴에서 더 깊어만 가니 이런 탄식이 입술로 새어나온다. 결국 그리움은 그 대상이나 주체 중에 어느 한쪽이 죽어야 끝난다.

눈이 부시게 푸르른 날은
그리운 사람을 그리워하자.
저기 저기 저 가을 꽃 자리
초록이 지쳐 단풍드는데
눈이 내리면 어이하리야,
봄이 또 오면 어이하리야,
내가 죽고서 네가 산다면!
네가 죽고서 내가 산다면!
눈이 부시게 푸르른 날은
그리운 사람을 그리워하자.

서정주, '푸르른 날'

"눈이 부시게 푸르른 날은/그리운 사람을 그리워하자"라는 시구를 처음 읽었을 때 푸름의 돌연한 화사함에 눈이 부셔 나는 눈을 감았다. 인생이 이토록 화사할 수도 있단 말인가? 나는 납득할 수가 없었다. 눈이 부시게 푸르른 날에 그리운 사람을 그리워하는 사람에게 사나운 질투를 느꼈다. 그 불공평이 정의롭지 않았다. 삶이 한 번뿐이라는 사실이 전혀 달콤하지 않았다. 누군가에 대한 그리움으로 삶이 화사해질 수 있다는 사실 역시 이해할 수가 없었다. 내게는 눈이 부시도록 푸르른 날은 없었다. 혹시 누군가 내 방황하는 영혼을 사랑하고 내 얼굴에 깃든 슬픔을 사랑한 이가 있었을까.

파랑을 갖지 못한 청춘은 발랄함과 우아함을 갖지 못한다. 인생을 비즈니스쯤으로 여기는 사람들을 나는 받아들일 수 없었다. 나는 고결한 사상을 품었으나 그것은 이 세상에서 우스갯거리에 지나지 않았다. 소설가 헨리 밀러가 "나를 내버려 둬, 이것이 내가 원하는 전부다. 나는 나니까"라고 한 말은 바로 내가 세상을 향해 하고 싶은 말이다. 내 청춘은 쑥을 먹고 바닥을 기었다. 내 영혼이 야수처럼 사나왔고, 사나운 만큼 어리석었다. 나는 누구도 사랑하지 않고 누구도 그리워하지 않았다. 그만큼 팍팍했다. 요절의 운명은 용케도 피할 수 있었지만 벌판을 떠돌았다. 스물한 살, 버스를 타고 우이동 산골짜기에 들어가 누군가의 무덤 곁에서 한나절을 보내며, 나는 단 하나의 결론을 내렸다. '인생은 행복하지도 불행하지도 않다'라고. 그저 누구에게나 똑같은 하나의 인생이 있을 뿐이라고. 나는 누구도 그리워하지 않고 누군가에게 그리움의 대상이 되어 보지 못했다. 그랬으니 나는 다시 죽었다 깨어나도 눈이 부시게 푸르른 날의 기쁨을 가슴에 품을 수가 없다. 파랑을 가슴에 품지 못하고 청춘을 보낸 후유증이다.

지난해 늦가을, 시 음송회吟誦會에 초대받아 오대산 월정사에 다녀왔다. 오대산은 끝물의 추색秋色으로 장관을 이루고, 시리도록 푸른 하늘은 아찔할 만큼 장엄했다. 만산홍엽으로 물든 오대산과 이마저 푸르게 물들일 태세인 하늘의 푸름에 반해 나는 넋을 잃은 채 멋진 순간을 만끽했다. 늦가을 오대산 월정사 하늘은 파랑의 극치를 보여준다. 그 파랑은 온몸을 던지고 싶도록 짙푸른 심연이었다. 그러나 파랑의 순간은 짧았다. 곧 해가 지고 하늘은 밝은 황혼으로 뒤덮였다. 황혼이 지나자 어둠이 내리고 삐쭉삐쭉 솟은 산봉우리들 위로 펼쳐진 검은 장막에 쏟아져 내릴 듯 많은 영롱한 별들이 떠서 반짝거렸다. 어린 시절 북두칠성은 여전히 북쪽 하늘에서 빛났다. 소름이 돋을 만큼 아름다운 밤하늘 아래에 서 있던 그 찰나, 내 영혼은 정화된 느낌과 함께 단지 살아 있다는 사실만으로도 황홀경에 들었다. 오, 이렇게 아름다운 하늘마저 잊고 살다니!

사십억 년 된 지구에서 겨우 칠팔십 년을 사는 우리는 인생의 날들이 마치 영원히 이어질 것인 양 착각하며 먹고사는 일에 파묻혀 하늘을 잊고 산다. 스물다섯 살 이후에 그냥 유령처럼 사는 사람들 중의 하나로 살던 나! 돌아보면, 많은 것을 움켜쥐려는 욕망에 매여 삶의 아름다움은 놓치고 살았으니, 어리석었다. 저토록 아름답고 신비한 푸른 심연이 항상 머리 위에 있었는데, 그것을 음미하는 것조차 잊은 채 굶주린 저녁의 개들처럼 허덕이며 살았다. 그렇다, "우리가 숨 쉬는 횟수가 아니라, 숨 막힐 정도로 멋진 순간들로 평가된다"(마야 엔젤루)면 내 인생은 마이너스 인생이다.

'넓은 하늘을 위해(For Spacious Skies)'라는 비영리 단체는 전직 보스턴 텔레비전 기자인 잭 보든Jack Boeden이 하늘의 아름다움을 알리기 위해 만든 단체다. 그는 매사추세츠 주의 잔디밭에서 낮잠을 자다가 깨어 파란 하늘을 보았다. 그는 땅에 등을 대고 누워 우연히 눈에 들어온 하늘이 시시각각으로 변화하며 연출하는 장관에 압도당한다. 보든은 그날을 돌이켜보며 "나는 너무도 황당했다. 어떻게 그렇게 오랫동안 그것을 보지 못했을까?"라고 말했다. 그는 하늘의 아름다움을 모른 채 살았던 49년의 세월이 헛되다고 생각했다. 그때부터 하늘에 관심을 갖고 공부를 하고 사람들에게 하늘에 대해 알리기로 마음을 먹는다. '넓은 하늘을 위해'는 하늘의 아름다움을 알리는 교육을 해 왔는데, 지금까지 오십만 개 이상의 교실에서 하늘에 대한 교과 과정을 열었다고 한다. 세상에는 하늘의 아름다움에 취해 그 하늘을 더 많은 사람에게 알리기 위해 사는 사람도 하나쯤 있는 것이다.

천천히 지나가는 마음의 진공상태를 견디고 있다. 마음의 진공상태는 독한 술로 도달하는 저 깊고 빛나는 명정, 취한

밤, 포만한 저녁들, 불빛 환한 부엌들, 모란 붉은 꽃잎, 노래, 미소, 온몸을 부드럽게 적시는 온천수, 포근한 오리털 이불, 기적, 벚꽃 날리는 봄날 오후, 그 여자의 가는 허리, 뜨거운 냄비요리…… 들을 부른다. 그것들은 내게 없다. 그렇다고 이 밤은 목매달기에는 너무 춥다. 사람들은 가장 불행한 순간에 죽지 않는다. 자살의 유혹은 그것에서 비켜서는 순간에 증대된다. 불행의 절정과 맞서 그것을 처절하게 견뎌 낸 뒤 양지쪽에 한 발을 들여놓고 마음이 유순해지는 순간에 더 많은 갈망들이 덮치기 전에 재빠르게 죽음에 제 삶을 의탁해 버리는 것이다.

톨스토이가 말했듯이 미래는 1시간에 60분의 속도로 다가온다. 누구에게나 똑같은 속도로 다가오는 미래라고 그 모습이 같지는 않다. 진실을 말하자면 미래는 사람마다 천양지차의 모습이다. 사람마다 미래가 다른 것은 사람마다 사는 방식이 다르고, 시간을 쓰는 방식이 다르기 때문이다. 통영의 앞바다는 짙푸르다. 야심을 생에의 굳은 의지로 오해했다는 진실을 깨닫게 될 때, 사는 일이 시들해져 삶이 시큰둥해지는 것을 넘어서서 "광주리에 씻어놓은 막창 대창"(이성복, '쏟아놓은 이쑤시개처럼') 같아 보일 때 불현듯 통영을 찾는다. 통영에 숨겨 놓은 애인이 있는 것은 아니다. 박경리 선생의 묘지가 있는 곳에 가면 손바닥만 한 통영 앞바다가 내려다보인다. 그 짙푸른 바다를 바라보면서 1시간에 60분의 속도로 달려오는 '인생'에 대해 생각해 보는 것이다.

구마산舊馬山의 선창에선 좋아하는 사람이 울며 나리는 배에 올라서
오는 물길이 반날
갓 나는 고장은 갓 같기도 하다
바람맛도 짭짤한 물맛도 짭짤한
전복에 해삼에 도미 가재미의 생선이 좋고
파래에 아개미에 호루기의 젓갈이 좋고
새벽녘의 거리엔 쾅쾅 북이 울고
밤새껏 바다에선 뿡뿡 배가 울고
자다가도 일어나 바다로 가고 싶은 것이다
집집이 아이만한 피도 안 간 대구를 말리는 곳
황아장수 영감이 일본말을 잘도 하는 곳
처녀들은 모두 어장주로한테 시집을 가고 싶어한다는 곳
산 너머로 가늘 길 돌각담에 갸웃하는 처녀는 금錦이라는 이 같고

내가 들은 마산 객주집의 어린 딸은 난蘭이라는 이 같고

난이라는 이는 명정골에 산다든데

명정골은 산을 넘어 동백나무 푸르른 감로 같은 물이 솟는 명정샘이

있는 마을인데

샘터엔 오구작작 물을 긷는 처녀며 새악시들 가운데 내가 좋아하는

그이가 있을 것만 같고

내가 좋아하는 그이는 푸른 가지 붉게붉게 동백꽃 피는 철엔 타관

시집을 갈 것만 같은데

긴 토시 끼고 큰머리 얹고 오불고불 넘엣거리로 가는 여인은 평안도

서 오신 듯한데 동백꽃 피는 철이 그 언제요

옛 장수 모신 낡은 사당의 돌층계에 주저앉어서 나는 이 저녁 울 듯

울 듯 한산도 바다에 뱃사공이 되어가며

지붕 낮은 집 담 낮은 집 마당만 높은 집에서 열나흘 달을 업고 손

방아만 찧는 내 사람을 생각한다

백석, '통영'

저 북쪽 남자는 애인을 만나려고 반나절 물길을 따라 통영
에 도착한다. 그 애인의 이름은 난蘭이다. 통영에서는 바람

도 물맛도 다 짭짤하다. 전복, 해삼, 도미, 가자미, 파래, 아가미젓갈, 호루기젓갈 따위가 지천인데, 그 해산물과 젓갈들은 미각을 자극하고, 북이 "쾅쾅", 배가 "뿡뿡" 울리며 내는 소리들의 풍성함은 청각을 즐겁게 한다. 곧 애인을 만나리라는 기대가 항구의 활기와 낯선 풍물이 만나 일으키는 흥분 속에서 마음은 한껏 들뜬다. 그런데 남자는 난이를 만나지 못했다. 난이가 산다는 "감로 같은 물이 솟는 명정샘이 있는" 마을을 찾지만 난이는 없었다. 항구의 활기 넘침은 단박에 북쪽 남자와 무관한 것이 되고 만다. 그래서 "낡은 사당의 돌층계에 주저앉아" 싸늘하게 식은 마음으로 아름다운 통영 앞바다를 내려다본다. 여기에 그냥 눌러 앉아 바다에 뱃사공이라도 될까, 궁리하는 그 남자 그림자가 쓸쓸하다.

남색

퇴폐나 타락에서 가장 먼

남색藍色은 쪽빛이다. 청록, 초록, 청자 따위와 동일 계열을 이루는 색이다. 남색은 전통색의 분류에 따라 명명하자면 취람색翠藍色이다. 취색과 비색을 함께 아우른다. 취색은 녹색에 가깝고, 비색은 밝은 청록색이다. 취람翠嵐은 저녁 무렵 하늘의 기운을 띤 색이다. 취람색은 쪽염으로 물들일 색을 말한다. 제자가 스승을 넘어설 때, 쪽에서 나온 푸른 물감이 애초의 쪽보다 더 푸르다라고 말한다. 푸름에서 나왔으되 애초의 푸름보다 더 깊은 푸름이다. 청출어람 청어람 靑出於藍 靑於藍이 그 말이다. '람藍'은 푸른 색조의 계열인데, 가볍지도 않고 무겁지도 않다. 가벼움의 무거움이고, 무거움의 가벼움이다. 자유를 잃어 그것을 그리워하는 사람에게 남색은 슬픔과 우울함의 색깔이기도 할 테다.

음악에 견준다면 블루스와 가까운 그 무엇이다. 블루스의 뿌리는 목화 농장에서 일하던 흑인노예들이 부르던 노동요다. 제 고향을 떠나와 낯선 고장에서 고된 노동에 시달린 아프리카 흑인들은 제 시름과 고달픔을 노래로 달랜다. 그게 블루스의 시작이다. 남색은 노동하는 자들의 인생에 깃든 슬픔과 고통이 녹아 있는 색깔이다. 남색이 물질의 둔중함에 대한 정신(비물질)의 가벼움을 증언할 때 그것은 하늘이고, 더러는 우주의 가없음을 넌지시 암시한다. 이때 남색은 색이 아니라 빛에 더 가깝다. 우리가 살아 있고 이 삶이 다시 동일한 것으로 돌아올 때, 즉 윤회의 긴 순환 속에 있을 때, 그것은 분명히 남색 안에서 이루어지는 일일 테다. 차가움의 징후로써 남색은 어디에도 구속되지 않은 자유의지, 초연함, 고독과 연관된다. 그 남색이 하늘의 심연을 가리킬 때 그것은 무한성, 영원함, 고결함이라는 뜻으로 그 외연을 넓힌다. 그런 까닭에 남색은 퇴폐나 타락에서 가장 멀리 있다.

슬픔에도 색깔이 있다면 그건 당연히 남색일 것이다. 돈 주고 살 수 없는 것은 행복만이 아니다. 남색의 슬픔 역시 영감, 젊음, 명예와 마찬가지로 돈 주고 살 수가 없는 것의 목록에 든다. 남색은 푸름을 품은 색이다. 푸름은 맑고 깨끗한 하늘의 색, 맑은 바다의 색이다. 여름 바다가 가장 아름다울 때 그 색은 남색이다. 우리나라에서 가장 맑고 바다의 푸름을 보여주는 곳은 제주도 협재 바다다. 협재 바다의 푸름은 비물질적인 느낌이다. 제주도 협재 바다에서, 그리스의 크레타 섬에서 아테나로 가는 새벽에 깨어나 여객선 갑판에서 바라본 에게 해가 바로 그 남색이다.

자정에 출항하는 여객선의 2인실은 불을 끄자마자 칠흑 어둠이 덮친다. 마치 수백 미터 지하의 관 속 같은 어둠이다. 그 어둠 속에서 나는 캄캄한 잠의 나락으로 떨어졌다. 여행의 피로가 겹친 탓이다. 혼절한 듯 깊은 잠에서 깨어난 것은 새벽녘이다. 아직 어둠으로 들어찬 그 낯선 시공에서 깨어난 찰나 나는 마치 죽음에서 부활한 자 같은 기분이었다. 아아, 내가 살아 있구나! 나는 작은 침대에서 일어나 새벽 갑판으로 나가 눈앞에 펼쳐진 에게 해를 바라본 것이다. 남색의 바다에 바람이 일고, 바람은 잔파도를 일으킨다. 그 파도는 사납지 않다. 그 바다 앞에 서서 세속과 초연한 그 비현실적으로 푸른 물을 볼 때마다 나는 한낱 피와 살을 가진 짐승이라는 생각을 했다. 그러나 나는 아직 남색의 슬픔에 대해 알지 못한다. 얼마나 더 살아야 남색의 슬픔을 이해할 수 있을까.

바다가 보이는 언덕에 서면

나는 아직도 작은 짐승이로다.

인생은 항시 멀리

구름 뒤에 숨고

꿈결에도 아련한

피와 고기 때문에

나는 아직도

괴로운 짐승이로다.

모래밭에 누워서

햇살 쪼이는 꽃조개같이

어두운 무덤을 헤매는 망령인 듯

가련한 거이와 같이

언젠가 한번은

손들고 몰려오는 물결에 휩싸일

나는 눈물을 배우는 짐승이로다

바다가 보이는 언덕에 서면.

조지훈, '바다가 보이는 언덕에 서면'

나는 내륙 출생이다. 바다를 한 번도 보지 못한 채 소년시절을 보냈다. 내륙은 들의 맹목적 평면성으로 내면을 권태로 물들이곤 했다. 어쩌다 들의 평면성에서 반발해 수직으로 솟구친 야산들은 비루했다. 그런 까닭에 나는 늘 보지 못한 바다를 동경했다. 내가 바다를 처음 본 것은 열일곱 살 때였다. 내가 처음 본 바다는 동해다. 심장이 쿵쾅거리고, 피는 미친 듯 헐떡였다. 나는 망망대해를 한참 바라보고 있는데, 눈가가 나도 모르게 젖고, 이윽고 눈물방울이 떨어져 얼굴로 흘렀다. 그때 내가 왜 눈물을 흘렸는지 알 수 없다. 바다 쪽에서 불어온 바람 때문이라고 해 두자.

바다는 쪽염을 들인 듯 남색이고, 늘 파도로 뒤챈다. 조지훈의 '바다가 보이는 언덕에 서면'을 읽은 것은 그 뒤다. 그 바다가 보이는 언덕에 서면, '나'는 작은 짐승이다. "꿈결에도 아련한 피와 고기" 탓이다. 어쩌자고 저 아련한 취색으로 빛나는 바다를 두고 자꾸 피와 고기가 땡긴다는 말인가! 바다는 정신의 이상은 고결한 데 가 있지만, 발이 딛고 있는 현실은 남루하고 추악하다. 그 이상과 현실 사이에 끼인 존재는 아직도 괴로운 짐승이다. 짐승의 본성을 벗어나지 못한 까닭에 괴롭다. 그 괴로움의 둔중함이 불안과 공포를 낳고, 자신을 "무덤을 헤매는 망령"으로 인식하게 한다.

남색의 슬픔을 아는 사람만이 스스로를 "눈물을 배우는 짐승"이라고 말할 수 있다. 처서가 지나면 찬바람이 돌고, 돌연 가을 기색이 완연해진다. 이 무렵 대기는 맑고 투명해지면서 남색을 띤다. 풀벌레 우는 소리의 데시벨이 낮아진 새벽녘엔 몸이 차져 이불을 끌어당겨 덮는다. 더위로 잃은 식욕이 되돌아오는 것도 이 무렵이다. 풀벌레 소리가 높아질 때면 고기가 먹고 싶어진다. 감각 서열에서 미각, 후각, 촉각은 시각 아래에 있다. 청각은 시각과 미각을 잇는 감각이라는데, 풀벌레 소리가 미각에 어떤 작용을 하는 것일까?

오늘 저녁엔 중화요리집에서 동파육이나 먹자. 동파육은 삼겹살찜으로 중국 절강성 항저우의 전통요리다. 시인 소동파蘇東坡는 돼지고기를 전통 방식으로 요리를 해서 백성과 나눠먹고 이 요리에 '동파육'이란 이름을 붙였다. 조지훈은 "꿈결에도 아련한/피와 고기 때문에", 그리고 인생의 여러 문제를 안고 있는 저를 "괴로운 짐승"이라고 했다. 몸이 갈망해서 육고기를 먹지만 마음은 괴롭다. 대금의 맑은 소리, 검정 두루마기의 흰 동정, 청댓잎 사이로 비쳐드는 달빛 따위에 마음을 빼앗기는 맑은 품성 때문이다. 사람은 본질에서 피와 내장을 먹고 육즙 있는 고기를 탐하는 잡식성 동물이다. 그런 스스로를 "괴로운 짐승"이라고 규정짓는 마음의 숭고함 때문에 사람은 잡식성 동물을 넘어서는 영성靈性을 가진 존재다.

주황

상생의 기운이 감도는

주황은 영원의 덧없음과 현재의 발랄함 사이에 완만하게 걸쳐져 있다. 주황의 시간은 급박한 소용돌이에서 빠져나온 휴식과 창조의 시간이고, 더러는 망각과 기다림의 시간이기도 하다. 포도주를 한 모금씩 아껴 마시며 느긋하게 책을 읽거나 음악을 듣기에 맞춤하다. 경쟁과 실적에 집착하는 사람은 주황의 너그러움이나 슬기로움이 너무 한가롭다고 타박할지도 모른다. 주황은 빨강의 아우이고, 분홍이나 노랑과는 자매 사이다. 빨강, 주황, 분홍은 한 통속이다. 색채로써 혈통이 같다고 해서 그 운명이 같지는 않다. 주황의 색채적 위상은 빨강과 노랑의 중간 어딘가에 있다. 늘 중간이고 사이에 있기 때문에 주황의 존재감이 미약하다고 낮추어 보는 사람도 없지 않다. 종종 극단주의에 대한 편애를 드러내는 빨강과는 달리 주황은 대체적으로 중용을 취한다. 주황은 연시軟柿, 황혼, 등빛에서 제 존재감을 분명하게 드러낸다.

나는 주황 속에 있을 때, 느린 뇌파 속에서 종종 예지몽을 꾼다. 주황은 타협과 조화, 겸손과 배려, 온건함과 평화주의를 흔들림 없이 옹호한다. 주황이 있는 곳엔 항상 상생의 기운이 감돈다. 그래서 다툼이나 분쟁이 없다. 주황은 잠시 쉬어감이고, 더 멀리 가기 위해 힘을 비축함이며, 지속가능한 성장을 위해 꼭 필요하다. 주황 너머로 무릉도원의 모습이 아련하게 어른거린다.

도연명(365~427)은 지방 명문가의 자제로 태어났다. 곤궁하였으나 끼니를 거를 정도는 아니었다. 스물아홉에 처음으로 관직에 올랐다. 지방의 학교 행정을 담당하는 하급직이었다. 얼마 있지 않아 이를 그만두었다. 서른다섯 살에, 그리고 마흔 살 때 각각 관직을 얻었으나 오래 머물지 않았다. 도연명은 마흔한 살 때 고향에서 멀지 않은 평택현 현령이라는 관직을 얻었다. 이도 금방 그만두었다. 식구들을 부양해야 하는 가장으로 관직에 나가기는 했으나 산과 물이 있는 곳에서 유유자적하는 삶을 이상으로 여겼던 도연명에게는 지방의 관리직이란 족쇄와 같이 답답한 것이었다. 작은 봉록을 위해 지방의 하급 관리직의 수모를 견디는 일이 괴로웠을 것이다. "겨우 쌀 닷 말 때문에 하찮은 시골 관리한데 굽신거릴 수는 없다"고 거침없이 말한 뒤 도연명은 관직에서 물러나 전원으로 돌아갔다. 그 소회를 펼쳐 지은 시가

'귀거래사歸去來辭'다. 그 서문에서 "'자연'으로 태어난 인간으로, 그런 본성을 숨기면서 관리로 살아'가는 일의 힘듦을 다음과 같이 말하였다.

"나는 집이 가난하여 농사만으로 생계를 유지할 수 없었다. 어린 자식이 방에 가득한데, 쌀독에는 쌀이 없었다. 그렇지만 내게는 그것을 해결할 길이 없었다. 친척과 친구들은 그런 나에게 관직을 나가라고 권했다. 그렇게 하여 평택현의 현령이 되긴 했지만 얼마 되지 않아 모든 그만두고 고향으로 돌아가고 싶은 마음이 일었다. 나는 '자연'으로 태어난 인간으로, 그런 본성을 숨기면서 관리로 살아갈 수 없었기 때문이다. 아무리 춥고 배고프다 해도 자신의 본성에 반하며 살아가는 것은 심신의 건강에 좋지 않다. 물론 예전에도 관리 생활을 한 적이 있지만, 모두 생활을 위해서 어쩔 수 없이 한 일이었다. 나는 내심 평생의 뜻에 반하는 그런 생활을 한 것을 부끄럽게 생각하고 있었다. 그래서 1년만 더 있다가 가을 추수가 끝나면 길을 떠나, 어둠을 틈타서 집으로 돌아갈 생각이었다."

진晉나라 태원太元 연간에 무릉武陵 지방 사람이 물고기를 잡으며 살아가고 있었는데, 하루는 시내를 따라가다가 길을 얼마나 멀리 왔는지 잊어버렸다. 홀연 복숭아나무 숲을 만났다. 시내의 양쪽 언덕 수백 보 되는 땅 안에 다른 나무는 없고 향기로운 풀이 선뜻하고 아름다웠으며, 떨어지는 꽃잎이 펄펄 바람에 흩날리고 있었다. 어부는 매우 이상하게 여기고 다시 앞으로 나아가며 그 숲 끝까지 가 보려고 하였다. 숲은 시냇물의 발원지에서 끝나고 거기에 산이 하나 있었다. 산에는 작은 동굴 입구가 있었는데 빛이 나오는 것 같았다. 곧 배를 버리고 입구로 들어갔다. 처음에는 매우 좁아서 겨우 한 사람이 지나갈 만하였다. 다시 수십 보를 가니 툭 트이며 밝아졌다. 토지는 평탄하고 넓었으며 가옥이 가지런하게 늘어서 있고, 비옥한 밭과 아름다운 못과 뽕나무며 대나무 같은 것들도 있었다. 밭 사이의 길은 사방으로 통하고 닭과 개 소리가 곳곳에서 들렸다. 그 가운데에서 사람들이 왕래하면서 밭을 갈고 있었는데, 남녀의 옷차림이 모두 바깥 세상의 사람들과 같았다. 노인과 어린이 모두 기쁜 듯이 저마다 즐거워하고 있었다. 그들은 어부를 보고는 크게 놀라면서 어디서 왔냐고 물었다. 어부가 자세히 대답해 주자 곧 그를 초대하여 집으로 데리고 돌아가, 술자리를 벌여 닭을 잡고 음식을 만들어 대접했다.

마을 사람들이 이런 사람이 와 있다는 것을 듣고는 모두 와서 바깥 세상의 소식을 물었다. 그들 스스로 말하길, "선조가 진秦나라의 난리를 피하여 처자식과 마을 사람을 이끌고 세상과 떨어진 이곳에 와서, 다시 나가지 않아 마침내 외부 사람과 단절이 되었다" 하고는, "지금이 어느 시대요?"라고 물었다. 한漢나라가 있는지조차 모르니 위진魏晉은 더 말할 것도 없었다. 이 어부가 자기가 들은 것을 그들을 위해서 하나하나 자세히 말해 주니, 모두 탄식하고 놀랐다. 나머지 사람들도 각기 또 어부를 초청하여 자기들 집으로 데리고 가서 모두 술과 밥을 내놓고 대접했다. 며칠 머물다가 작별하고 돌아가려고 하자, 이 마을 사람이 "바깥세상 사람들에게 말하지 마시오." 하였다. 어부가 나와서 배를 찾아, 지난번의 길을 따라가면서 곳곳에 표시를 해 두었다.

군郡에 이르러 태수를 만나 이런 일이 있었음을 아뢰었다. 태수가 곧 사람을 보내 그가 가는 곳을 따라가 전에 표시해 둔 곳을 찾게 하였으나 끝내 길을 잃고 더 이상 가는 길을 찾지 못했다.

남양南陽의 유자기劉子驥는 고상한 선비다. 이 말을 듣고 기뻐하며 그곳을 찾아갈 계획을 세웠으나 실현하지 못하고 얼마 지나지 않아 병

들어 죽었다. 그 후로는 그곳을 찾는 자가 없었다.

이 시는 이상향을 꿈꾸는 사람들의 갈망을 보여준다. 사는 세상이 팍팍할 때 누군들 이런 이상향을 한번쯤 꿈꿔 보지 않았을까. 도연명의 이상향은 소박하다. 무릉도원은 세속과 단절된 채 소박하게 살아가는 사람들의 고장, "비옥한 밭과 아름다운 못과 뽕나무며 대나무"가 있는 곳, 노인과 어린이 할 것 없이 모두 평등하며 즐겁게 사는 곳이다. 도연명은 얼음과 숯을 가슴에 품고 사는 사람들의 세상과는 서로 어긋나 세상 저편으로 숨었다. "세상이 나와 서로 어긋나 맞지 않거늘 다시 수레를 몰아 무엇을 구할 것인가".

도연명은 시골로 내려간 뒤 죽을 때까지 스무 해를 맑은 날에는 밭을 갈고 비 오는 날에는 글을 읽으며 한결같은 삶을 살았다. 말 그대로 청경우독晴耕雨讀의 삶이다. 도연명이 버린 세상은 격변을 거듭했다. 동진 왕조를 유유가 무너뜨리고 송宋 왕조를 세웠다. 그러나 그 격변이 이미 세상과

의 모든 사귐과 교유를 끊어 버린 채 오로지 거문고와 책
으로 시름을 삭이며 사는 도연명에게는 아무 영향도 미치
지 못하였다.

난세에는 사람들이 이상향을 꿈꾼다. 이상향은 피난처이자
지복至福의 땅이다. 그러나 이상향은 현실에는 없는 상상의
땅, 상상의 나라다. 율도국, 이어도, 무릉도원, 유토피아, 샹
그릴라는 그렇게 나왔다. 도연명은 시로써 무릉도원을 그려
냈다. 도연명은 고상한 품성을 지녔지만 사는 일은 뜻대로
되지 않았다. 어지러운 시대에 태어나 관직에도 나섰으나
큰 보람을 느끼지 못한 채 고향으로 돌아온다. 고향에 돌아
와 살면서 평범한 남녀노소가 세속을 등진 채 평화롭게 사
는 복사꽃 마을의 이야기를 '도화원기병시'로 썼다. 아마도
부박한 현실에서 부대끼다 보니 그런 꿈의 고장을 그려 냈
을지도 모르겠다.

갈색

중세의 가을을 지나온 바람

낙엽과 갈대, 가을 들어 시든 모든 초본식물들, 잔의 바닥에 남은 커피의 앙금, 황폐한 겨울의 정원, 기억의 누추한 부분들. 붉은 피는 세월이 흘러 그 선연함을 잃고 갈색의 칙칙함으로 변한다. 이 탈색의 흔적, 이 빛바랜 색은 색채의 심리학에서 보자면 열망, 빛, 자유의 눈부심이 지워진 자리에서만 제 존재를 드러낸다. 사람이나 사랑이나 지나간 것들은 다 찬연함을 잃고 칙칙해진다. 애틋함마저 사라지는 것은 아니겠지만 지나간 사랑은 갈색으로 퇴색한다. '갈색 추억'이라는 유행가도 있지 않은가! 갈색이 상실과 체념, 조락과 죽음을 가리킨다는 것은 부정할 수 없다. 갈색은 분노보다는 속죄에 더 가깝고, 현재보다는 과거에 더 기운다. 하지만 시든 풀들은 봄이 되면 파릇하게 돋고, 사랑은 언제라도 다시 시작되는 것. 갈색은 종종 구원과 새로 오는 사랑을 위한 그 오랜 인내와 숭고한 기다림으로 감동에 빠뜨린다. 11월의 들녘은 황량하다. 가을걷이가 끝나고 남은 풀들은 녹색이 다하여 갈색으로 시든 채 방치된다. 11월의 들녘은 갈색 일색으로 통일을 이루는데, 이때 갈색은 생명의 쇠잔함을 현시한다. 입동 지난 뒤 논에 나가보면 빈 우렁 껍데기들이 나뒹군다. 짙푸른 하늘에는 기러기 떼가 줄지어 난다.

볏가리 하나하나 걷힌

논두렁

남은 발자국에

뒹구는

우렁 껍질

수레바퀴로 끼는 살얼음

바닥에 지는 햇무리의

하관下棺

선상線上에서 운다

첫 기러기떼.

박용래 '하관'

날이 차가워진다. 어느 날 수레바퀴 지나가 움푹 팬 자리에
괸 물에 살얼음이 낀다. 그 살얼음 밑바닥까지 내려오는 햇
무리. 살얼음 아래에서 반짝이는 햇무리는 아름답지만 금
세 사라질 운명이라 덧없다. 시인은 그것을 "햇무리의 하관"
이라고 상상한다. 박용래 시인은 1980년 11월 21일에 돌아
가셨다. 11월에는 자주 길을 잃는다. 생각이 미치지 못하는

저 너머로 뻗치는 상념에 빠져 있다가 길을 놓친다. 기다리는 것들은 끝내 오지 않는다. 11월의 저녁은 삭은 뼈의 색이다. 기다림과 희망의 무산으로 완성되는 잿빛. 오, 11월의 잿빛이여. 모든 빛이 사라진 뒤 오는 빛의 죽음이여. 누군가 내 귓가에 속삭인다. 개를 멀리 하게. 11월의 개들은 무덤을 파헤친다네. 밑도 끝도 없는 말이다. 11월의 대기는 차가워지고, 밤에는 서리가 내린다. 강물은 좀 더 짙은 푸른색을 띤다. 한해살이 식물들은 덧없이 시든다. 녹색이라는 부富를 탕진한 옥수수와 해바라기 줄기는 색이 갈색으로 변한다. 마른 줄기가 바람에 서걱거린다. 밤에는 파랗게 얼어붙은 하늘에서 별들이 쏟아진다. 먹잇감을 찾아 집 근처까지 내려왔던 오소리나 족제비가 돌아간다. 11월은 내 피에게 인고와 침묵을 가르친다.

여행길에 병드니
황량한 들녘 저편을
꿈은 헤매는도다

마쓰오 바쇼(松尾芭蕉)

하이쿠 시인 마쓰오 바쇼는 여행을 하며 말년을 보내는데, 그즈음에 병이 들었나 보다. 몸은 병으로 쇠잔해지고, 여행길은 고단하다. 어느 날 문득 쓸쓸한 들녘을 물들인 갈색에서 바쇼는 인생무상을 엿보았으리라. 바쇼는 마흔한 살이 되던 1684년에 은둔생활을 벗어나 여행길에 나선다. 바쇼는 풍찬 노숙도 해야 할 여행길에 나서며 "들판의 해골로/뒹굴리라 마음에 찬바람/살 에는 몸"이란 하이쿠를 읊기도 한다. 그리고 여행길에 나서는 심경을 아래와 같이 남겼다.

세월은 멈추는 일 없는 영원한 여행객이고, 오고 가는 해(年) 또한 나그네이다. 사공이 되어 배 위에서 평생을 보내거나 마부가 되어 말 머리를 붙잡은 채 노경을 맞이하는 사람은, 그날그날이 여행이기에 여행을 거처로 삼는다. 옛 선인들 중에도 많은 풍류인이 여행길에서 죽음을 맞이했다. 어느 해부터인가, 나도 조각구름을 몰아가는 바람결에 이끌려 방랑하고픈 생각이 끊이지 않아, 저 먼 변방의 해변을 정처 없이 거닐다가, 지난해 가을 스미다가와 강가에 있는 오두막으로 돌아와 오래된 거미줄을 걷어 내고 일단은 정착했다.

그러나 이윽고 한 해도 저물고 새해를 맞아 입춘의 안개가 피어오를 즈음이 되니, 봄 안개 자욱할 시라카와 관문을 넘어 저 아득한 오쿠 지방으로 여행을 떠나고픈 바람으로, 마치 소조로 신(神)이 들린 듯 마음이 뒤숭숭하던 터에, 도조신(道祖神)이 부르는 듯하니, 아무것도 손에 잡히지 않았다. 여행용 바지의 해진 곳을 깁고, 삿갓 끝을 새로 달고, 무릎 아래 경혈에 뜸을 뜨는 등 여행 채비를 하고 있자니, 마음은 어느새 예로부터 아름답기로 이름난 마츠시마 섬(松島)의 보름달에 먼저 가 있는 듯하다. 지금까지 살던 집은 다른 사람에게 물려주고, 제자 산푸의 별장으로 옮김에,

오막살이 초가도
주인이 바뀌는구나
히나 인형의 집

이것을 홋쿠로 하는 오모테 8구를 이별의 징표로 바쇼 암의 기둥에 걸어 주었다.

마츠오 바쇼, 「바쇼의 하이쿠 기행 1」 중에서.

종일 바람이 심하게 분다. 경첩이 헐렁해진 문짝들이 덜컹거리고 마른 나뭇잎들이 천지사방으로 휘날린다. 어디선가 날아온 가랑잎들로 연못은 덮여 있다. 멧새가 잎 진 감나무 가지에서 애처롭게 울었다. 이미 강원도 산간 지방에는 얼음이 얼고 첫눈이 관측되었다는 기상청 발표가 있었다. 늦가을은 끝났다. 종일 찾는 사람 하나 없는 집은 적막하고 마음은 쓸쓸했다.

늦가을을 살아도 늦가을을 몰랐지

늦가을을 제일로

숨겨놓은 곳은

늦가을 빈 원두막

살아도 살아갈 곳은

늦가을 빈 원두막

과일을 다 가져가고

비로소 그다음

잎사귀 지는 것의 끝은

혼자서

다 바라보는

저것이

영리가 사는 곳

살아도 못 살아본 곳은

늦가을 빈 원두막

늦가을을 살아도 늦가을을 못 살았지

문태준, '늦가을을 살아도 늦가을을'

돌이켜보면, 시마詩魔가 처음 찾아왔던 내 스물 언저리는 온통 갈색이었다. 시마는 봉인된 내 오래된 무의식을 찢고 그 안에 있던 여러 형상들을 불러내 거기에 언어라는 옷을 입혀 세상에 내보냈다. 그 뒤로 나는 시마의 방문을 받은 적이 없다. 지금은 시마의 도움을 받을 수도 없고 그런 기대를 접은 지도 오래다.

요즘 나는 시를 쓰기 전에 「주역周易」이나 「산해경山海經」 따위를 읽는다. 언감생심 「주역」이나 「산해경」에서 번쩍이는 영감을 구하지는 않는다. 사실 그 책들에서 영감이나 기발한 착상을 빌려 온다 해도 시대와 풍속이 다르니 요즘과는 맞지 않는다. 「주역」이나 「산해경」은 시가 되지 않는다. 그걸로 시를 쓰려는 짓은 언 땅에 오줌누기요, 삼베 바지로 빠져나가는 헛방귀 뀌기나 같다.

검은 시루 속에서 자라는 콩나물을 생각한다. 날마다 콩나물이 자라는 시루에 물을 주지만 물은 아래 구멍으로 빠져나간다. 머무는 물은 없어도 콩나물은 자란다. 「주역」이나 「산해경」은 콩나물시루를 통과하는 물이다. 그 시루 안콩들은 시의 씨앗들이다. 나는 「주역」이나 「산해경」을 읽으며 마음을 비우려고 애쓴다. 마음이 다 비워진 뒤에 떠오르는 어휘 몇 개를 받아 끼적이는 것이다. 가령 아래에 쓴 시가 그렇다. 불과 며칠 전에 나온 것이니 세상에 내보낸 적이 없는 아주 어린 시다. "가을이다./제국의 산들에 이목이 쏟아지고/어느 날/내 눈썹이 희어진다./갈 수 없다면/그곳은/마침내 가야 할 곳이다./네 개의 편자,/불꽃과 그림자,/세 번째 실연,/기어코 가야 할 이유는/모호하다./바람이 분다,/그곳에/가라./가라./가을이 다 가도/갈 수 없다면/가야 한다.//화살나무 잎 지면/중세의 가을이 닥친다./기다리지 않아도/올빼미가 날고/중독자들은 술에 취한다./푸른 정맥을 가진/너는 화사하다./나는 감자를 쪄서/천일염에 찍어먹는다./실패는 어리다./너무 어려서/나의 열반이다./가을이 와도/갈 수 없다./어린 슬픔을 안고/갈 수 없으므로/가라./가라." (졸시, '서쪽')

다시 시마가 찾아온다면? 만약 또 다시 시마가 온다면 나는 단호하게 거절하겠다. 시마 없이도 시는 씌어지고, 열 몇 권의 시집을 펴냈다. 번개, 흙, 무심, 허기, 쓰디쓴 실패들, 쓰레기가 되는 삶, '스미다'라는 말, 무의 노란 싹, 닳은 빗자루, 마른 웅덩이, 돌멩이, 세 세 마리, 바람, 메아리, 어둠속에 울부짖는 고라니 따위를 상상 속에서 숙성시켜 그것들과 언어를 비벼 시를 얻겠다.

금색

크게 어두우니 빛이 온다

금색은 황금색의 준말이다. 금은 반짝이고, 빛난다. 그것은 황금, 타오르는 불, 태양의 상징이다. 태양은 누리에 빛을 뿌리고, 세상을 따뜻한 열기로 데운다. 빛이 누리 세상을 두루 평등하게 덮으니, 만사가 형통하다. "상징적으로 금은 생명, 열기, 빛의 근원인 태양에 속한다. 야금술과 연금술은 금속을 별들과 자주 결합한다. 금속과 결합한 별은 지하 세계의 별로, 흙 속에 묻히고 동결된 일종의 우주적 에너지로 금은 누리에 빛과 열기를 뿌리는 태양의 성분을 품은 색이다. 그것은 어둠과 추위를 물리친다. 금은 지하 세계에 묻힌 태양이다. 은은 달에게 결부되고 금은 해(태양)에 결부된다. 따라서 금은 태양의 미덕을 모두 갖고 있었다." 예로부터 황금은 귀한 귀금속 중 하나다. 금은 권력과 부의 상징이다. 가난하거나 비천한 신분에 속하는 사람은 가질 수 없는 재물이다. 금은 상대적 희귀성으로 귀한 신분의 표상이 되고, 왕족과 부자들의 전유물이 되었다.

항상 해 뜨기 직전 새벽이 가장 춥고 어둡다. 태양이 떠서 양의 기운을 세상을 퍼뜨리는데, 양은 음의 극에서 일어난다. 크게 어두우니 빛이 온다. 양의 기운이 큰 세계에서는 진실의 빛이 퍼지는 까닭에 어둠에 속한 거짓과 음모들은 사라진다. 금색은 방위로는 동남에 속하며, 해의 신성성을 품는다. 금색은 고진감래 끝에 얻는 영광, 영혼의 풍요, 숨길 수 없는 진실성의 상징이다.

가을볕은 금색이다.

어둑한 얼굴로

어른들은 일만 하고

시무룩한 얼굴로

어린 것들은 자라지만

종일 햇볕 바른 양지쪽에

장독대만 환했다.

진정 즐거울 것도 없는

구질구질한 살림

진정 고무신짝을 끌며

지루한 하루하루를 어린 것들은

보내지만

종일 장독대에는

햇볕만 환했다.

누구는 재미가 나서 사는 건가

누구는 낙樂을 바라고 사는 건가

살다 보니 사는 거지

그렁저렁 사는 거지.

그런 대로 해마다 장맛은

꿀보다 달다.

누가 알 건데,

그렁저렁 사는 대로 살맛도 쏨쏨하고

그렁저렁 사는 대로 아이들도 쓸모 있고

종일 햇볕 바른 장독대에

장맛은 꿀보다 달다.

박목월 '장맛'

어제가 그제 같고 오늘이 어제 같은 삶! 이 무미한 삶을 소
박하고 담담하게 그려낸 시다. "누구는 재미가 나서 사는
건가/누구는 낙을 바라고 사는 건가" 하는 구절에서 마음
이 울컥해진다. 주색酒色을 탐하는 생활은 덧없고 깨고 나
면 그 흥취는 쓰디쓰다. 대개 장삼이사들은 부귀와 빈천의

불평등 없는, 국가의 흥망에도 흔들림이 없는 무미한 삶을 산다. 욕심을 비운 탓에 "그렁저렁 사는" 것이다. 욕심을 비운 사람에게는 어떤 수상한 악도 범접하지 못한다. 큰 즐거움이나 보람이 없기에 낯빛 어둑한 어른들과 시무룩한 아이들뿐이다. 그나마 보람이 아주 없지는 않다. 쑥쑥 잘 자라는 아이들, 무병無病한 채 나이가 드는 어르신네들, 장독대에 무료로 쏟아지는 환한 햇볕들! 이게 무미함의 은덕들이 아니고 무어란 말인가! 금색으로 환하게 타오르는 가을볕이 좋으니 해마다 장맛은 혀에 달다. 반면에 살맛은 씁쓸하다. 달디단 장맛과 씁쓸한 살맛은 극적인 대조 속에서 균형을 이룬다. 이 균형 속에서 아이들은 자라고 우리 살림은 안락하다. 남은 반생은 이런 마을에서 보내고 싶다!

인생의 고비에서 잠시 금색 찬연한 빛이 깃든 때가 있었다. 가파른 이십대를 넘어서자마자 믿을 수 없는 행운이 내 생의 앞날에 끼어들기 시작했다. 아이들은 잘 자라고, 수영으로 다져진 건강은 그 어느 때보다도 좋았고, 이른 나이에 겁도 없이 시작한 출판사는 번성했다. 직선 주로를 선두로 내닫는 경주마와 같이 거칠 것 없던 시절이다. 휴일에는 아이들을 데리고 야구장을 다녀오거나, 아이들과 함께 공중목욕탕을 다녀온 뒤 마르쿠스 아우렐리우스의 「명상록」을 읽다가 낮잠을 잤다. 내 생에 끈덕지게 달라붙던 불운과 나쁜 징조들은 사라진 듯 보였다. 내 안에서 타오르던 딱히 대상이 없는 맹렬한 적의와 분노도 어느덧 잠들었다. "낮잠을 깨고 나니/슬픔이 없는 것도 속수무책이군/비가 내리는데/눈썹을 적시며 내리는데//서른 살을 넘고 나니/옛사랑의 얼굴도 희미해지는군/꿈은 빠르고 현실은 더딘 것을/깨닫고/쓸데없는 희망들을 끊고 나니/아아, 편하군/이렇게//단순하게/비가 내리는데/눈썹을 적시며 내리는데/변두리에 싼 땅이나 몇 평 사둘까/오늘은 근사하게 낮술이나 마셔볼까"(졸시, '서른 살의 시') 세상의 많은 사람이 치질과 건망증과 불면증 때문에 고통을 당한다는 사실을 나는 이해하지 못했다. 돈 워리, 비 해피.

저 스무 해도 넘는 안쪽 세월에 서울 마포구 신수동에 '출판단지'가 있었다. 안쪽으로 들어서면 꽤 넓은 마당이 있고, 그 마당을 가운데 두고 'ㅁ' 자로 2층 건물들이 늘어서 있었다. 낡고 오래되기는 했지만 건물들은 수십 년은 더 버틸 만큼 튼튼하고, 건물들이 뿌리를 내린 지반은 단단하였다. 그 전에 건물들이 무슨 용도로 쓰였는지는 알 수가 없다. 작은 학교가 아니었을까 하고 짐작해 볼 따름이다. 가장 넓은 자리를 한국출판협동조합의 사무실과 창고가 차지하고 있고, 그밖에 공간에 문학과지성사, 범우사, 열화당, 행림출판사, 동광출판사, 일월서각, 평화출판사 같은 수십 개의 단행본 출판사가 옹기종기 세 들어 있었다. 왜 출판사들이 한 장소에 모여 있었을까. 한 장소에의 집중이 기능과 정보를 공유하며 협업하는 가운데 시너지 효과를 불끈 냈던 것일까. '출판단지'는 작은 출판사들의 요람이고, 출판과 물류의 실체적인 거점이었다. 돌이켜 보면 출판단지가 있던 자리는 번성하는 기운이 충만한 땅이 분명했다. 출판단지라는 인큐베이터 안에서 힘을 키우고 뼈대를 세운 출판사들은 나중에 덩치가 커져 대개는 번듯한 사옥社屋을 마련하여 떠났다.

내가 꾸리던 청하출판사의 창고도 출판단지 안에 있었다. 그 창고에는 수십만 권의 책이 있었다. 날마다 들고 나는 그 책들을 늙은 아버지와 직원 한 명이 상주하며 관리했다. 출판사 사무실은 여의도에 있고, 나는 가끔 마포대교를 건

너 창고에 들렀다. 출판단지에 들어설 때마다 경건해지는
기분이 들곤 했다. 그래서 옷매무새를 다시 한 번 돌아보
고 허리를 곧추세우고 바른 자세로 걸음을 옮겼다. 왜 그랬
을까. 존경하는 출판계의 선배들이 있는 그곳이 일종의 성
지와 같은 곳이었기 때문이다. 실존의 모든 영역에서 범접
할 수 없는 권능과 위엄이 그들에게서 오로라처럼 뻗어 나
왔다. 나는 진심으로 그들에게 경의를 표했다. 그 시절 나는
분명히 예의바른 젊은이였다. 출판단지에 있던 문학과지성
사 사무실에 들르면 김병익 선생은 늘 누군가와 바둑을 두
시고, 아직 건강했던 김현 선생은 소파에 몸을 깊이 묻은
채 문예지들을 읽고 계셨다. 아, 김현! 한 문학청년이 무한
한 외경심을 품었던 그 김현 선생을 가슴 두근거리며 처음
뵌 것도 바로 출판단지의 문학과지성사 사무실이다. 문학과
지성사는 출판단지에 오래 있지 않았다. 곧 다른 장소로 사
무실을 옮겨 갔다. 또 다른 많은 출판사도 출판단지를 떠나
새로운 곳에 둥지를 틀고 새로운 출판사들이 그 빈자리를
메웠다. 내가 경영하던 청하출판사도 강남에 새 사옥을 짓
고 창고도 옮겨 갔다. 여전히 출판단지는 마포구 신수동에
있었지만, 내 발길은 뜸해졌다.

그 뒤로 세월은 덧없이 흘렀다. 아이들은 자라서 슬하를 떠나고, 아버지는 당뇨와 신장염 때문에 적십자병원에서 혈액투석을 하시다가 세상을 떴다. 내 젊은 날의 우상인 김현 선생은 지병으로 마흔아홉에 돌아가셨다. "죽음이란 감각적 인상과, 충동에 의한 조종과, 마음의 방황과, 육신에 대한 봉사로부터의 휴식이다."(마르쿠스 아우렐리우스) 그렇다 하더라도 혈연과 지인들의 죽음은 세상을 쓸쓸하게 만든다. 금의 광채가 가득하던 시절은 지나갔다. 세월이 흐르면서 인생의 광채가 바래지고 쇠락의 기운이 드러나는 것은 어쩔 수 없는 일이다. 그 쓸쓸함을 몇 달 전 인사동에서 우연히 마주친 김병익 선생에게서 다시 한 번 실감했다. 김병익 선생은 중절모에 단장을 짚고 계셨다. 나는 흠, 멋쟁이 노인이군, 하고 하마터면 지나칠 뻔했다. 출판단지 시절만 해도 젊었던 김병익 선생이 어느덧 백발의 팔순에 이르셔서 미처 알아보지 못했다.

은색

만질 수 없는 피안의 빛, 그 창백한 아름다움

백, 은색, 흰색은 동일 계열의 색채다. 은빛은 색의 요소가 휘발되어 빛으로 인지되는 색이다. 그러나 은색과 흰색에는 미묘하게 차이가 있다. 흰색에 빛이 입혀진 게 은색이다. 은색은 빛의 성질을 띰으로써 훨씬 가볍다. 은색은 빛의 무게를 갖지 않은 가벼움으로 흰색의 무거움과 차별된다. 은색은 초승달, 은가락지, 수은, 달빛, 진주의 색이다. 달빛 받은 물결이 뿜어내는 게 은빛이다.

겨울이 오고 눈에 뒤덮인 산하는 시리도록 흰색뿐이다. 설원雪原은 흰색으로 빛난다. 흰색의 한자 표기는 백白이다. "백은 모든 색의 종합임과 동시에 무색이며, 색을 벗어난 색이라는 점에서 특별한 색이다. 다른 말로 표현한다면, 백은 색으로 존재하는 것에만 머무르지 않는다. 색을 벗어난 만큼 보다 강한 물질성을 환기하는 질감이며, 틈이나 여백과 같은 시간성과 공간성을 잉태한다. 그리고 부재나 제로 상태와 같은 추상적인 개념을 포함하고 있다." 흰색이 순수성, 진리, 순진무구함의 표상이라면 은빛은 만질 수 없는 피안의 빛, 그 창백한 아름다움으로 고고하다.

세속이 아니라 저 먼 곳에서 오는 빛! 은색은 때 묻지 않은 것의 고결성, 속됨과는 무관한 우아함, 높은 차원의 도덕이 보여주는 차가움을 지닌다. 색의 도상학圖像學에서 은색의 정체성은 태양, 불, 번개와 같은 남성 원리가 보여주는 이성, 위엄, 패권주의와는 다른 감성과 동정심, 그리고 신성神性으로 확고한 여성 원리를 내재화할 때 그 존재감이 두드러진다.

내 무의식에 새겨진 은색의 강렬함은 김기림의 산문 「길」에 나오는 한 문장과 깊은 연관이 있다. 「길」을 처음 읽었을 때 은빛 바다가 날카롭게 내 마음을 찢으며 들어왔다. 그래서 내게는 모든 바다가 항상 은빛으로 빛난다. 언덕길로 어머니의 상여가 나가고, 소년은 내내 그 언덕길에서 눈길을 떼지 못한다. 언덕길 너머에는 은빛 바다가 있다. 은빛 바다는 어머니가 돌아가신 곳, 즉 소년이 가 닿을 수 없는 피안의 세계를 상징한다. 왜냐하면 은빛 바다는 세속의 때가 전혀 묻지 않은 세계이기 때문이다.

나의 소년시절은 은銀빛 바다가 엿보이는 그 긴 언덕길을 어머니의 상여喪輿와 함께 꼬부라져 돌아갔다.

내 첫사랑도 그 길 위에서 조약돌처럼 집었다가 조약돌처럼 잃어버렸다.

그래서 나는 푸른 하늘빛에 호져 때없이 그 길을 넘어 강가로 내려 갔다가도 노을에 함북 자주 빛으로 젖어서 돌아오곤 했다.

그 강가에는 봄이, 여름이, 겨울이 나의 나이와 함께 여러 번 다녀갔다. 까마귀도 날아가고 두루미도 떠나간 다음에는 누런 모래둔과 그리고 어두운 내 마음이 남아서 몸서리쳤다. 그런 날은 항용 감기를 만나서 돌아와 앓았다.

할아버지도 언제 난 지를 모른다는 마을 밖 그 늙은 버드나무 밑에서 나는 지금도 돌아오지 않는 어머니, 돌아오지 않는 계집애, 돌아오지 않는 이야기가 돌아올 것만 같아 멍하니 기다려 본다. 그러면 어느새 어둠이 기어와서 내 뺨의 얼룩을 씻어준다.

김기림, 「길」 중에서.

나는 김기림이 어떤 마음을 품고 이 시보다 더 응축적인 산문을 썼는지 모른다. "돌아오지 않는 어머니, 돌아오지 않는 계집애, 돌아오지 않는 이야기"를 품은 산문은 아름답고 인상적이다. 이 산문이 드러내는 강렬한 인상은 주로 은빛 바다, 푸른 하늘, 자줏빛 노을, 누런 모래둔의 색감이 감각적 명증성을 얻은 데서 비롯된다. 이 산문이 아름답다면 그 선명한 색채의 절묘한 대비와 조화에서 얻어진 것이리라. 아울러 이 아름다움은 상실의 슬픔과 덧대어 있다. 이 아름다움은 슬픈 아름다움이다. 언덕길과 은빛 바다는 근원적인 것의 상실과 이어져 있다. 첫째는 어머니, 둘째는 첫사랑이다. 떠나간 것들은 다시 돌아오지 않는다. 다시 돌아오지 않는다는 것을 알면서도 기다리는 게 사람이다.

내 너무 별을 쳐다보아
별들은 더럽혀지지 않았을까
내 너무 하늘을 쳐다보아
하늘은 더럽혀지지 않았을까
별아, 어찌하랴
이 세상 무엇을 쳐다보리

흔들리며 흔들리며 걸어가던 거리

엉망으로 술에 취해 쓰러지던 골목에서

바라보면 너 눈물 같은 빛남

가슴 어지러움 황홀히 헹구어 비치는

이 찬란함마저 가질 수 없다면

나는 무엇으로 가난하랴

이성선, '별을 보며'

무엇보다도 별은 은빛으로 빛난다. 밤하늘에서 은빛으로 빛나는 별들은 순수함과 고고함의 상징이다. 이성선 시인은 은빛으로 반짝이는 별들을 바라보며 자신의 가난에 대한 도저한 자긍심을 품었던 사람이다. 강원도 고성에서 태어나고 주로 영동지방에서 살았던 이 시인은 2001년에 돌연 세상을 떴다. 어제(5월 4일)는 시인의 기일忌日이었다. 과연 영원이란 기만으로 우리를 속이는 시간은 근심에 지나지 않는 것인가! 누군가는 근심을 끊기 위해 삶을 끊는다. 나는 시인의 죽음을 아우슈비츠의 생존 작가 장 아메리의 명명법에 따라 '자유 죽음'이라고 한다. 청결淸潔에의 목마름이 얼마나 크고 치열한 지는 시의 첫 연, "내 너무 별을 쳐다보아/별들은 더럽혀지지 않았을까/내 너무 하늘을 쳐다보아/하늘은 더럽혀지지 않았을까"에서부터 선명하게 드러난다. 이 청결에의 목마름은 곧 도덕적 정결에의 목마름으로 이어진다. 이는 청년 윤동주가 '서시'에서 "죽는 날까지 하늘을 우러러/한 점 부끄럼이 없기를/잎새에 이는 바람에도/나는 괴로워했다"라고 보여준 고결함에의 의지와도 하나로 포개진다. 과연 삶의 비루함과 황막함에 "엉망으로 술에 취해 쓰러지던 골목"(지상)과 취한 눈으로 "바라보면 너 눈물 같은 빛남"(천상)은 뚜렷하게 대조된다. 몸은 세속의 오탁에 묻어 더럽고, 별은 그 오탁과 무관하게 깨끗함으로 빛난다.

이 시를 읽을 때 나는 부끄럽다. 내 고결에의 의지가 시인만큼 단호하거나 치열하지 못하니까! 그럼에도 이 시를 자주 읽는 것은 이미 내 안에 자리 잡은 오탁의 얼룩과 근심, 어지러움들이 "황홀히 헹구어"지는 까닭이다. '별을 보며'의 마지막 구절, "이 찬란함마저 가질 수 없다면/나는 무엇으로 가난하랴"를 읽을 때는 내 비루한 가난과 구질구질한 삶의 내역조차 알 수 없는 투명함을 머금는다. 시인들이란 저를 희생하여 독자들을 세속의 더러움에 대한 대속代贖에 이르게 하는 하염없는 자들이 아닌가! 이성선 시인은 그것을 시로써, 생명을 거는 실천으로써 우리에게 보여주었다. 예순을 일기로 이승의 삶을 마치고 하늘로 돌아간 시인에게는 2000년에 마지막으로 펴낸 「내 몸에 우주가 손을 얹었다」 등을 포함해 열두 권의 시집이 있다. 설악雪嶽의 발치에서 태어나 설악을 보듬고 살다가 설악에서 죽었으니 그를 설악의 시인이라고 불러도 무방할 것이다. 그랬으니 마음도 투명했으리! 그랬으니 세속의 한 점 오탁汚濁에도 마음이 괴로움으로 들끓었으리!

회색

끝이 주는 미덕들, 그 달콤함과 휴식

회색은 무채색이다. 불에 타고난 뒤 남은 재의 색깔이다. 한 무더기의 재. 이 소멸의 징후. 이렇듯 회색은 불가능의 가능 속에서 주저앉는다. 회색은 욕망의 결핍, 부재, 탕진, 끝을 가리킨다. 회색은 희생자 없는 세계의 죽음을 예시하고, 다가오는 몰락과 퇴락을 알리는 징후색이다. 잿빛과 회색은 한 통속이다. 그 잿더미 속에서 금빛 날개를 가진 불사조는 날아오르지 않는다. 꿈이 사라지기 때문이다. 내면이 회색에 감염된 사람은 내일에 뜨는 해를 확신하지 못 한다. 내일 해가 다시 뜬다는 것을 믿지 않는 사람은 그 순간부터 죽은 것이다.

당연히 그들은 내일을 위해 사과나무 한 그루를 심지 않는다. 그것은 내일 해가 뜬다는 사실을 믿지 못 하기 때문이 아니라 이미 죽은 자이기 때문이다. 그들은 사지四肢를 움직일 수가 없다. 모든 사람은 죽을 수 있음의 항존 속에서 제 삶을 이어간다. 이 말은 모든 사람의 내면에 얼마간의 회색이 깃들어 있다는 뜻이다. 인류는 회색의 형제들. 그러니까 서로에 대해 다정하자. 회색은 감정색의 아류이거나 흰색의 퇴색이다. 회색은 색깔로서 정체성이 약하다. 회색분

자라는 말은 사상이나 이념의 색깔이 이쪽도 저쪽도 아닌
자를 가리킨다.

홀로 앉았노라면 양 귀밑머리에 슬퍼지고
텅 빈 방에 밤이 깊어간다
빗속에 산과일 떨어지고
등불 아래 풀벌레 운다
흰머리는 끝내 변하기 어렵고
황금은 만들어질 수 없네
늙고 병듦을 없애는 법을 알고 싶어
오로지 무생을 배운다

왕유, '가을밤에 홀로 앉다'

늦가을로 접어들며 해가 부쩍 짧아진다. 해가 짧아지니 일
조량이 준다. 이 사태에 모든 식물들이 먼저 즉물적으로 반
응한다. 더 이상 활발한 광합성이 필요하지 않으므로 활엽
의 나무들은 잎을 떨군다. 식물은 혹한의 시절을 대개는 씨
앗으로 견딘다. 이렇듯 가을은 조락과 결실, 그리고 긴 휴

식과 죽음의 예비 기간이다. 먼저 난 것들은 비우고 떠나며 뒤에 오는 것들에게 제자리를 양보한다. 동물들의 피하에 지방층이 두터워지고, 몸을 덮은 털은 무성해진다. 곰들은 나무 위에 올라가 땅으로 굴러 본 뒤 아프지 않으면 비로소 겨울잠에 들 채비를 한다. 겨울을 날만큼 지방층이 충분하다고 판단하는 것이다. 이렇듯 겨울은 본디 덜 움직이고 신체 에너지를 아껴 써야 하는 계절이다. 우리 몸은 그걸 계통발생 기억으로 갖고 있다. 동물들도 휴식의 한가로움이 필요하다. 한가로움은 돈 되는 일이 아니므로 세상 사람들이 등한히 하는 바다. 나는 이 가을, 세상 사람이 바빠 여기는 바에 게을러지고 세상 사람이 능히 게을리 하는 바에 바빠지고자 한다. 가장 지혜로운 동물은 동면에 드는 동물이다. 곧 서리 내리고 뱀들은 바위틈으로 들어가 동면에 들겠다. 공중에 눈보라가 휘몰아치고 달도 별도 싸늘하게 어는 밤이 오겠다. 천지간에 난분분 날리던 흰 눈이 멎으면 한밤중에 부엉이가 울고, 너구리가 사는 굴속에서는 너구리 새끼들도 추위에 떨며 잠들겠다.(중복)

새벽에는 기온이 뚝 떨어진다. 주말마다 자기 집으로 올라가는 젊은 벗 조경선 씨의 칠현산방 황토방에 딸린 연못 물속 수련 줄기 사이에서 헤엄을 치며 놀던 어린 뱀 두 마리도 더는 안 보인다. 물이 차졌기 때문이다. 상강霜降 지나자 살얼음이 언다. 단풍 든 감나무 잎이 지자 낮은 촉수의 새끼알전구 같은 감들이 주황색 알몸을 드러낸다. 가지마다 감이 주렁주렁 매달렸다. 작년에는 감이 적게 달렸는데, 해거리를 한 것이다.

유실수라고 해도 저마다 열매를 맺는 가지가 다르다. 사과나무는 2년생 가지에 열매가 맺고, 배나무는 3년생 가지에 열매가 달린다. 감나무는 1년생 가지에 열매가 달린다. 그래서 새 가지에 열매를 맺으려고 스스로 묵은 가지를 분질러 떨어뜨린다. 감나무의 뇌가 어디에 있는지는 모르지만 감나무도 나름대로 머리를 쓰는 것이다. 감나무는 퇴비가 모자라면 풋감을 유난히 많이 떨군다. 그 풋감들을 다 키우는 게 버거워서겠지만 나는 왠지 감나무가 그 낙과들을 거름 삼아 제 모자란 자양분을 보충하려는 게 아닌가 싶다. 어쨌든 퇴비를 충분히 줘야 낙과가 줄고 감의 단맛도 좋아진다.

감나무는 제 거주지를 스스로 옮기지 못한다. 한번 뿌리내린 곳에서 평생을 산다. 이게 식물의 숙명이다. 식물과는 달리 동물은 스스로의 의지로 움직인다. 그 운동성 때문에 '동물動物'이란 이름을 얻었다. 이 운동성이 의식의 뿌리다. 함축해서 말하자면, 사람의 의식이란 움직임이 진화 과정을 통해서 중추신경계를 통하여 내면화된 것이다. 움직이지 않는다면 더는 사람이 아니다. 사람은 죽을 때 움직임을 멈춘다. 살아서 움직임을 멈춘 사람이 바로 식물인간이다. 죽은 건 다 분해되어서 생명 이전의 원자로 돌아간다.

사람은 포유동물哺乳動物이다. 말 그대로 '젖먹이는 움직이는 것'이란 뜻이다. 이 움직임은 늘 크던 작던 방향성을 갖는다. 이 방향성을 결정하는 가장 큰 두 가지 조건은 먹이와 생식이다. 내 몸도 어떤 쓸모와 필요에 부응하려고 분주했다. 부지런히 움직였던 것이다. "등잔불이 타지만 실은 제 몸을 태우는 것이며, 계수 열매가 먹을 만하면 가지까지 꺾이고, 옻나무가 쓸 만하면 거죽까지 벗겨진다."(『장자』, '인간세' 편) 나는 제 몸을 태우느라 바쁘고, 가지까지 꺾이느라 바쁘고, 거죽까지 벗겨지느라 바빴다. 그 분주함으로 내 수

족은 고단했다. 움직임과 그 동선의 궤적을 끊임없이 기억하는 중추기관은 뇌다. 그러므로 내 뇌도 아울러 고단했다. 아! 쉬고 싶다. 낮에는 한가롭게 산길을 걷고, 저녁에는 돌아와 등불 아래에서 책을 읽고 고요함 속에서 옛사람의 창곡唱曲을 몇 곡 듣거나 겸재 정선의 그림을 그윽하게 감상하다가, 이윽고 깊은 밤에는 햇솜으로 새로 지은 홑청이불 속에서 단잠을 자고 싶다.

온몸의 살이 썩고
온몸의 뼈가 허물어져서
재 밑의 재로 나는 돌아가리라.
지금은 살이 썩고 곪아도
손으로 다 긁지 못하지만
터뜨리지 못하는 고름주머니 육신의
심한 가려움증도 그 재의 밤엔 다 나아 있으리
온몸의 살이 썩고
온몸의 뼈가 다 허물어져서
재 밑의 재로 나는 돌아가리라
지금은 재 위에 주저앉아

추한 꼴로 썩어가는 몸을 재로 씻으며

까마귀떼 울음 소리 듣고 있으나

재 휩쓸어가는 바람의 밤엔 다 조용해지리

나 없는 그 밤에

울음도 타버린 마른 재를 맡기면서

침묵의 밤으로 나 돌아가리라

재의 입술이 떨어지는

흙의 밤 속으로

최승호, '회저'

심장이 고동치기를 멈출 때, 우리는 이미 죽은 것이다. 살이 썩고 뼈는 허물어져서 재로 돌아가리라. 우리를 안달 나게 하던 일체의 욕망과 집착은 소멸하며 재를 남긴다. 환幻과 욕망들은 다 어디로 사라졌는가. 한 줌의 재. 색의 소멸과 함께 드러나는 잿빛의 처음. 잿빛은 죽음의 침묵, 망각과 체념을 보여준다. 잿빛에는 어떤 기쁨이나 두근거림, 어떤 고통이나 불행도 없다. 우리는 저 잿빛의 고독 속으로 침잠할 수 있다. 불행에 덜미를 잡혀 허덕이던 사람은 차라리 잿빛

속에서 평화롭다고 해야 하리라. 이 무렵 최승호 시인의 시에는 '재'의 이미지들이 자주 나타난다. 잿빛은 퇴색하고 바랜, 색이 없는 중성의 책이다. 잿빛에는 더는 돌이킬 수 없게 되어 버린 것, 끝을 향해 치닫는 관계들, 가을의 텅 빈 들, 치명적인 실패, 존재의 영도零度, 누구도 기억하지 않는 자의 기일忌日과 죽음들이 깃든다. 이것은 고갈과 죽음의 색이다. 최승호 시인의 「회저의 밤」은 그런 썩고 문드러지고 존재의 영도로 돌아가려는 중력의 어두운 힘들이 소용돌이치는 시집이다.

모든 끝은 멜랑콜리하다. 씁쓸하면서도 달콤하고, 아쉬우면서도 후련한 것은 끝이 현재의 영혼들을 어느덧 옛날의 영혼으로 뒤바꿔 버리는 까닭이다. 덧없이 다가오는 일요일 밤은 어딘지 아쉽고 쓸쓸하며, 바닷가에서 보낸 여름휴가 끝 무렵 배낭에 짐을 챙길 때 가슴을 파고드는 것은 달콤한 우울함을 떠올려보라. 어디 그뿐인가. 계절의 끝, 한 해의 끝, 연극의 끝, 사랑의 끝, 인생의 끝들이 다 그렇다. 끝에는 아련한 슬픈 마음들이 고인다. 그러나 모든 끝은 그저 끝이 아니라 새로운 시작과 맞물린다. 이를테면 어둠에 감싸인 새벽은 밤의 끝이면서 하루를 여는 시작이기도 하다. 또한 얼음과 북풍으로 몸과 마음을 시리게 했던 겨울의 끝은 만물이 소생하는 봄과 이어진다. 끝이 잃어버린 시간들의 보상일 때 그것은 축복이다.

끝은 긴 과정의 고통, 과정 속에 깃든 동요와 변덕들을 달콤한 과실로 승화한다. 그러므로 끝은 성숙이고 완성이다. 여름의 끝은 가을의 수확을 여는 시작이다. 라이너 마리아 릴케는 여름의 끝에서 "마지막 열매들이 탐스럽게 무르익도록 명해 주시고,/그들에게 이틀만 더 남국의 나날을 베풀어 주소서,/열매들이 무르익도록 재촉해 주시고,/무거운 포도송이에 마지막 감미로움이 깃들이게 해 주소서."(가을날) 라고 기도했다. 여름의 끝은 모든 열매들에 '마지막 감미로움'이 깃드는 시간이다. 이 끝을 견뎌야만 열매들은 둥글어지고 단맛이 밴다. 이 '마지막 감미로움'이란 과육의 성숙과 탐스러운 완성의 징표다.

끝은 슬프다. 끝이 슬픈 것은 끝은 현재이고 지나가는 것이고, 마음은 항상 미래를 향하여 있는 까닭이다. 우리가 끝에서 경험하는 것은 "딸애들처럼 웃자라서,/내 팔을 빠져나가는 날들."(데릭 월컷)이다. 그 사라진 날들, 잃어버린 시간들의 덧없음이라니! 소년들은 사춘기를 끝내고 성인의 일원으로 사회에 첫발을 내디딘다. 소년의 순진무구, 소년의 비밀과 자유와 반항들은 성인의 시기로 접어듦과 함께 끝난다. 성인에게 따르는 책임과 의무들이 그것들을 질식시킨다. 그들은 가장이 되고, 가족 부양의 숭고한 의무를 지게 되는 것이다. 인생의 끝에 다가가며 맞는 노경老境은 슬프다. 왜냐하면 노경은 풋풋한 젊음과 젊음의 눈부심, 그리고 "입에 들어온 설탕 같은 키스들"(파블로 네루다)을 이제는 지나가 버린 먼 추억으로 만들어 버리기 때문이다.

인생의 끝은 죽음이 아니다. 차라리 죽음은 삶의 총체적 완성이다. 삶은 죽음에 닿으며 비로소 둥글어진다. 인생의 끝은 꿈과 희망을 버렸을 때, 불길한 파열음과 함께 들이닥친다. 꿈과 희망을 버린 사람은 분발의 욕구에 서리는 생동감, 도약의 환희를 경험할 수가 없다. 그들은 날갯짓을 멈춘 새와 같다. 어린 시절의 일이다. 집 뒤란의 대나무 숲에서 날기를 그친 채 할딱거리는 새를 보았다. 나는 새를 건드리지 않았다. 한참을 바라보다가 자리를 떴다. 이튿날 아침 그 숲에 갔을 때 새는 죽어서 싸늘하게 굳어 있었다. 꿈과 희망을 버린 사람들은 끝끝내 나태한 사람이다. 그들은 뽕잎이 마침내 비단으로 변한다는 사실을 믿지 않는다. 끝을 지나치게 슬퍼하지만은 말자. 끝은 삭막한 노동의 의무에서 해방이고 자유다. 잿속에서 다시 날아오를 불사조를 꿈꾸자. 그래야만 끝이 품은 무성無性은 은총이고 평안이 될 수 있다. 끝의 은총과 평안을 끝끝내 모르는 사람은 아직 미성숙한 사람이다. 오직 지혜로운 사람만이 끝이 주는 미덕들, 그 달콤함과 휴식을 제 것으로 취한다.

보라

초록에 핏물이 든 것, 사랑을 알 만큼 아는 자의 색

어렸을 때 빨강과 파랑 물감을 섞으면 보라가 되는 게 신기했다. 보라의 정체성은 하나가 아니라 둘이거나 그 이상이다. 자연에서 보라색은 찾아보기 힘들다. 희귀한 색이기 때문이다. 겨우 가지, 붓꽃, 제비꽃, 하늘매발톱꽃에서 찾아볼 수 있다. 보라색은 서울 지하철 5호선을 상징하는 색상이다. 내가 서울과 안성을 오르내릴 때 남부터미널에서 타는 대원고속버스 차체 색상도 보라색이다. 보랏빛은 눈으로 식별할 수 있는 가시광선可視光線 중에서 가장 파장이 짧은 광선이다. 보라는 잡종, 불순, 혼합, 변화의 색이다. 순혈주의는 종의 진화에 이롭지 않다. 근친교배로 인한 열성인자들이 퍼질 위험이 상존하기 때문이다.

이야기들은 서로 다른 것들이 만나고 섞이는 변화의 지대에서 더 찬란하게 꽃핀다. 보라는 그 섞임의 이상理想이다. 이야기가 그렇듯 문화들 역시 서로 다른 것들이 섞이고 어울려 조화를 이룰 때 찬란해진다. 정말 좋은 꿈을 말할 때 '보랏빛 꿈'이라고 말하는 이유도 거기에 있는지 모른다. 보랏빛 꿈은 가망 없는 꿈이다. 실현이 될 수 없는 이상. 우리는 얼마나 자주 그 보랏빛 꿈에 설레었던가? 그 꿈이 좌절

되었다고 그 책임이 보라에게 귀착되는 것은 아니다. 보라색이 기리는 것은 가치, 헌신, 즐거움, 숭고함이다. 아울러 보라는 화려함 속에서도 겸손과 어짊을 품는다. 보라를 취향으로 삼은 사람은 빈이락貧而樂 부이호례富而好禮하는 사람들이다. 그들은 가난하지만 즐겁고, 부유하지만 예의를 잃지 않는다.

보라는 빛을 머금지 않는다. 보라는 빛을 머금지 않음으로 어둠에 가깝다. 아니다. 보라에는 빛이 있다. 희미한 빛, 쇠잔해지는 빛, 결국은 꺼지고 말 빛. 그 빛은 체념을 보여주고 시작보다는 다가오는 끝들을 암시한다. 마음의 불이 꺼져 버린 사람은 애도하는 자다. 애도하는 자가 마음에 품는 색이 보라다. 보라는 애도에 빠진 자의 마음에 퍼져가는 슬픔을 고스란히 보여준다. 슬픈 자들은 자주 나르시시즘에 기댄다. 나르시시즘은 슬픔을 머금고 부푼다. 이 슬픔이 불러오는 나르시시즘은 실은 누구도 함께 할 수 없는 철저하게 독자적인 슬픔의 다른 이름이다. 그들은 마음 바깥으로 나가는 문을 다 닫고 마음 안에서만 산다. 그들은 혼자 밥 먹고 가끔 혼자 격렬하게 운다. 마음 깊은 곳에서 요동치는 보라의 패악 때문이다.

사랑을 잃은 자는 보라의 마음을 품고 살며 보라에서 위안
을 구한다. 보라가 위안이 될 수 있을까? 아마 그럴지도. 그
러나 보라에 마음을 한 번이라도 준 적이 있는 사람이라면
결코 보라의 장력에서 벗어나지 못한다. "내게 어렵지 않은
시절은 없었다"라고 할 때, 혹은 "배반 아닌 사랑은 없었다"
라고 할 때, 그 싯구의 안쪽에서 보라는 요동을 친다. 시인
은 "어떻게 꽃은 잎과 섞여/잎을 핏물 들게 하는가"라는 묻
는다. 보라는 그 무엇에게 핏물을 뒤집어씌우며 다가온다.
보라는 환멸과 동경이라는 양의성兩意性을 갖고 있다. 초록
은 보라를 도무지 알 수가 없다. 초록에 핏물이 들어야 보
라가 될 수가 있다. 고통의 단련을 거쳐야만 도달할 수 있
는 보라. 보라는 삶을 알 만큼 아는 사람의 색, 사랑을 알
만큼 아는 자의 색이다. 내 마음에 깊은 고통이 있다. 그 고
통에 침윤된 마음은 보라색이다. 보라를 품은 마음. 나는
다시 사랑할 수 있을까? "마라, 나를 사랑하지 마라". 마라.
마라. 마라.

어떻게 꽃은 잎과 섞여

잎을 핏물 들게 하는가

마라, 나는 네 살과

단내 나는 네 숨결 속에서

내숭 떠는 초록의 눈길을

어떻게 받아내야 할지

초록 잎새들이

배반하는 황톳길에서

생각해보라, 마라, 어떻게

네 붉은 댕기가 처음 나타났는지

그냥 침 한번 삼키듯이,

헛기침 한번 하듯이 네겐

쉬운 일이었던가 마라,

내게 어렵지 않은 일은 시절은 없었다

배반 아닌 사랑은 없었다

솟구치는 것은 토하는 것이었다

마라, 나를 사랑하지 마라

이성복, '어떻게 꽃은 잎과 섞여'

상강 지난 뒤 일조량은 줄고 그만큼 어둠은 빨리 온다. 상강 뒤 해 저물고 찾아드는 어둠은 보랏빛이다. 점점 짧아지는 낮, 길어지는 밤. 긴 밤에 여러 꿈들이 두서없이 다녀간다. 내면의 나침반도 작동하지 않는 밤의 꿈속에서 나는 궁지에 빠져 알 수 없는 곳을 오래 헤매 다녔다. 꿈속에서 내가 찾던 것은 무엇이었을까. 꿈속에서든 현실에서든 우리가 늘 바깥에서 찾는 것은 실은 우리 안에 있는 것은 아닐까.

아침에 일어나 연못에 나가 보니 붉고 노란 낙엽들이 물 위를 덮고 있다. 파릇하던 부들은 누렇게 시든 채 허리가 꺾였다. 가을은 돌이킬 수 없이 깊어 간다. 바람은 불고 낙엽들은 휘날린다. 멜랑콜리는 가을에 처한 마음들에 사정없이 침투한다. 여기저기 나뒹구는 보라의 마음들. 기우뚱거리는 마음들. 나이가 들수록 왜 시간은 빨리 흐르는가. 불가피하게 인생의 덧없음을 마음에 각인시키는 가을 어느 날, 나는 홀연히 시간이 각각의 장소에서 다른 흐름으로 흐른다는 사실을 깨닫는다. "벌레처럼 땅에 짓뭉개지고 낙심하여 배회하네."(라디오헤드의 '렛 다운Let Down'에서) 과연 나는 숨을 끊고 땅에 뒹구는 벌레보다 나은가? 가을 저녁의 어스름 속에서 나는 적적하고 사람이 그리웠다. 저녁나절 두보의 시를 읽는데, 따뜻하게 데운 정종 한 잔 생각이 간절해진다. 높은 곳에 올라 아래를 굽어보니 산은 단풍 물든 나무들로 울긋불긋, 먼 데 강물은 끊이지 않고 흘러간다. 이 풍경을 내려다보며 두보는 "만 리 쓸쓸한 이 가을"이라고 했다. 가을은 깊어 바람이 불 때마다 낙엽은 우수수 지는데, 몸은 늙고 게다가 병골이다. 살림 형편은 늘 쪼들렸다. 그랬으니 꿈을 펼칠 엄두를 낼 수나 있었겠는가. 청춘은 순식간에 지나가고, 문득 거울을 들여다보니 흰 머리가 부쩍 늘어 완연한 노인 행색이다. 이 늘그막에 좋아하던 막걸리조차 끊어야 할 형편이다.

여름 저녁에는 경기도 남단의 하늘에 적란운이 나타났다. 적란운은 산이나 탑 모양을 이루고 수직으로 뚜렷하게 발달한 구름덩이를 이르는 명칭이다. 소나기구름이나 쌘비구름이라고도 한다. 천둥과 벼락을 동반하고 소나기나 우박을 내리기도 한다. 적란운은 주로 여름철에 발달하지만 더러는 겨울철에도 생기는 수도 있다. 영국에서 약사 노릇을 하며 그저 취미삼아 기상학을 연구하던 루크 하워드(1772~1864)

는 1802년에 구름들이 대개 네 개의 기본 형태 중 하나를 취한다는 사실을 깨닫고 구름을 적운, 층운, 권운, 비구름 따위로 나누는 구름 분류 체계를 만든다. 19세기 말에 국제구름회의에서 하워드가 제안한 구름 분류 체계에 바탕을 두고 구름 종류를 열 가지로 확장하는데, 적란운은 클라우드 나인Cloud Nine이라는 이름으로 이 명단에 오른다. 독일의 대문호 괴테는 루크 하워드를 "형태 없는 것들에 형태를, 무한한 세계에 질서를 부여한" 사람으로 기리며 시를 써서 헌정했다. 돌이켜보면, 오늘은 아름다운 가을날의 하루였다. 오후 내내 혼자 그 적란운을 바라보는 것으로 하루의 낙을 삼았던 나는 실은 우주의 여행자로 이 아름다운 가을날의 하루를 여행했음을 깨닫는다.

해 떨어진 뒤 서쪽 하늘에 보라색 구름이 떠 있다. 나는 붉은 포도주를 마시며 그 보라색 구름을 바라본다. 올 한해도 삶이 팍팍했다. 방외인으로 사는 일이 팍팍하다고는 하나 죽을 만큼은 아니었다. 봄에는 모란과 작약에게서 위로를 받고, 여름에는 백로와 냉면, 숲속의 매미 소리와 「당시전집」 한 권으로 그럭저럭 견딜 만했다. 여름 지난 뒤 차츰 단풍 드는 산빛과 산의 계곡에서 호수로 흐르는 청량한 물소리, 벗들이 보내준 서책들에서 기쁨을 얻었다. 오늘에 이르러서는 서쪽 하늘의 보라색 구름 조각을 바라보는 여유도 누리지 않는가. 랠프 월도 애머슨의 말에 공감한다. "사람들의 생각대로 사는 것은 쉽다. 고독한 가운데 내 소신대로 사는 일도 마찬가지로 쉽다. 그렇지만 진정 위대한 사람은 군중 속에서도 고독이 주는 완벽한 달콤함을 느낀다."

나는 아직 생각은 속되고 가슴에 들척지근한 욕망을 품은 속인俗人이다. 겨우 읽은 서책 몇 권으로 무식을 면하고 값싼 쾌락에 영혼을 팔지 않을 정도의 인격을 갖추었다. 언감생심 축지법이나 공중부양도 익히지 못하고, 청담한 인격도 갖추지 못한 사람이건만 일찍이 고독이 주는 완벽한 달콤함을 즐겼다. 내 마음의 보라. 나는 고독 속에서 보라의 평화를 탐닉하고, 보라의 시를 적었다. 인생의 고독이 보라색이라는 사실을 깨달았다는 것만으로도 내가 살아온 시간들이 아주 쓸모없지 않았다고 자부한다.

분홍

사랑의 말을 발음하는 당신의 혀

분홍은 어린 누이의 손톱에 물들이던 봉숭아 꽃빛이다. 어린 누이가 웃을 때마다 드러나던 잇몸도 분홍이다. 옛날이나 그리움에 색깔이 있다면 틀림없이 분홍색일 것이다. 살구꽃과 복사꽃은 분홍색이다. 진달래 꽃잎, 어린 여자아이의 잇몸과 목젖, 비둘기의 가는 발목, 갓 태어나 몸통에 털이 없는 쥐, 강아지, 돼지 새끼들은 분홍이다. 눈도 못 뜬 채 꼼지락거리는 분홍들. 분홍의 유효기간은 짧다. 분홍은 이내 사라진다. 아니 사라지고 없는 것들이 분홍으로 남는다.

물고기를 잡는 무릉武陵 사람이 하루는 시내를 따라 걷다가 홀연 복숭아나무 숲을 만난다. 그는 복숭아 꽃잎이 펄펄 날리는 숲을 지나 비옥한 밭과 아름다운 못이 있는 마을로 들어선다. 노인이나 어린이 모두 기쁜 듯이 즐거워하는 마을, 곧 복숭아꽃들과 향기로운 풀들이 우거진 무릉도원이다. 무릉도원은 난세를 피해 숨은 사람들이 만든 평화로운 세상이다. 도연명이 지은 도화원기桃花源記의 이야기다. 그곳을 물들인 것은 필경 분홍이었을 테다. 분홍은 유유자적悠悠自適의 너그러움, 사랑의 공존, 화해와 평화의 메시지를 전한다. 누가 분홍 앞에서 그리움을 말하고 사랑을 말하는가. 그리움에 앞서는 그리움, 사랑에 앞서는 사랑, 평화에 앞서는 평화, 그게 분홍의 말이다.

'이모'는 분홍의 어휘사전에 등재된 방계 단어 중 하나다. '이모'는 어머니 자매들을 부르는 호칭이다. 이보다 더 다정하고 정겨운 호칭은 없다. 그것은 이모들과 함께 자란 어린 시절의 따뜻한 추억 때문이다. 어린 시절 우리가 겪은 이모들은 넓은 다정함과 비상한 포용력을 보여주었다. 우리는 이모에 대한 이상한 신념 같은 걸 갖고 산다. 이모는 과일이 주렁주렁 열린 신기한 나무와 같다. 이모들은 조카들에게 늘 그 과일을 따서 주곤 한다. '이모', 라고 나지막하게 불러보라. 그 어휘에는 아득한 그리움과 "그냥 서로의 삶의 삶이 포개지듯, 힘을 뺀 평화"가 느껴지지 않는가!

세상의 이모들은 홍학 같고 모란꽃 같다. 생활이 아무리 가파르고 삶이 아무리 고달파도 그 위엄과 우아함을 잃지 않는다. 생의 무게를 지탱하며 걸어가는 것은 이모나 조카나 마찬가지일 텐데, 어쩐 일인지 이모들에겐 삶의 넉넉함이 더 느껴진다. 우리는 이모의 가슴에 얼마나 많은 슬픔의 이랑이 있는지를 모른다. 이모들은 슬픔은 모르고 꿈결 같은 세월을 산다. 이모들의 세계에는 역경과 세파라는 건 아예 없고 오로지 다정함과 사랑으로만 이루어진 세계다. 조카에게 이모는 늘 자신의 것을 덜어 조카를 돕는 사람, 언제 어느 때든지 다정함을 베푸는 사람이다. 조카들의 눈으로 보자면 이모들은 불가사의한 존재들이다. 필경 천사들이 땅으로 내려와 이모라는 사람으로 변신하여 조카들을 돌보는 게 분명하다.

열일곱 살 때 가출했다. 아마도 "결국 피란 느글거리어 못 견딜 노릇."(서정주, '무제') 때문이었겠지. 집을 나와서 막막했던 나는 울진이라는 곳에 사는 이모를 찾아갔다. 이모는 다니던 학교는 어쩌고 왔느냐고 따져 묻지 않고 다정하게 품어 주었다. 나는 거기서 마음의 상처가 아물 때까지 몇 달을 지냈다. 이모는 끼니때마다 꽃게를 찌고 생선을 구우며 더 맛있는 걸 해 먹이지 못해 안타까워했다. 그 수고를 마냥 즐거워하는 것만 같았다. 이모는 마치 장님처럼 그래서 허물과 과오 따위는 도무지 보지 못한 것처럼 야단친 적이 없다. 오직 내가 잘한 것, 잘난 것을 칭찬하고 그것을 응원

했다. 내 어린 시절은 이모는 피어나는 꽃처럼 젊고 아름다
웠다. 그 이모가 이젠 퇴행성관절염 때문에 고생을 하는 칠
순 노인이다. "한때 연애를 하고/배꽃처럼 웃었기 때문에/
더듬거리는/늙은 여자가 되었다."(최정례, '늙은 여자') 한때 채
송화 같고 종달새 같던 이모는 어디로 갔을까. 이모는 늙어
주름이 자글자글한 할머니가 되었다. 꽃다운 이모들이 늙
는다는 건 받아들이기 힘든 사태다. 아린 슬픔이 가슴에
번진다.

나이가 들고 세파에 시달리면서 우리는 세상이 분홍의 선
의와 다정함만으로 이루어진 게 나이라는 사실을 깨닫는다.
자정 넘은 시각 술집 화장실 변기를 부여잡고 토할 때, 물
기어린 눈으로 울긋불긋한 자기 토사물을 물끄러미 내려다
볼 때 우리는 세상의 악의와 매정함에 몸서리를 치며, 우리
는, 문득, 이모를 떠올린다. 사는 것은 고단한 일이구나! 다
시 '이모' 하고 불러 보라. 이모, 온통 선의와 다정함만으로
이루어진 불가사의한 세계가 와락 다가온다! 우리 모두는
이모들을 사랑한다. 살면서 이모를 미워하는 사람은 보지
못했다. 젊거나 늙었거나 간에 나이든 술집 주모를 향해 '이

모!'라고 부르는 사내들에겐 잃어버린 다정함, 잃어버린 평화를 찾으려는 애틋함이 깃든다. 우리 모두는 아무리 나이를 먹어도 이모 앞에서는 철부지 어린애에 지나지 않는다.

어느 세계에나 분홍의 망설임과 다정함은 살아 있다. 분홍의 깊은 내면에서 분홍의 다정함, 분홍의 이타주의가 완성된다. 나는 세상 살면서 남과 다투기보다는 기꺼이 손해를 감수하는 분홍의 다정함과 분홍의 이타주의를 가진 사람들을 좋아한다. 그들이 쓰는 분홍의 말들을 좋아한다. 마크 트웨인은 "인생에서 성공하기 위해 반드시 필요한 두 가지"로 "무지와 신념"을 들지만 나는 이 말에 동의하지 않는다. 무지가 그릇된 고집과 결합하면 민폐를 낳고, 신념이 그릇된 고집과 붙어서 전쟁과 대량 학살을 낳는다. 무지와 신념은 분홍 없는 세계에서 흔한 일이다. 물론, 분홍이 다 좋은 것은 아니다. 그릇된 분홍, 삐뚤어진 분홍, 더러운 분홍도 있다. 그럴 때 분홍은 도덕의 올바름에서 벗어나 허영과 오만을 만난다. 허영과 오만은 악 중에서 강도가 낮은 악이다. 그것은 남을 해치지는 않지만 자신을 찌르고 부패하게 만든다. 분홍이 허영이나 오만으로 나가는 것은 분홍의 내

면에는 결기가 부족할 때이다. 분홍은 부계父系의 색깔이
아니라 모계母系, 특히 자매 사이 잔존하는 우정의 색깔이
다. 분홍은 대체로 잔잔한데, 그것이 격렬해지는 것은 흰색
에서 독립해 제 정체성을 확립하려는 찰나에 그렇다. 분홍
은 분홍의 일로써 분주하다.겨울 노루귀 안에 몇 개의 방
이 준비되어 있음을 아는지

흰색은 햇빛을 따라간 질서이지만 그 무채색마저 분홍과의 망설임에
속한다 분홍은 흰색을 벗어나려는 격렬함이다 노루귀는 흰 꽃잎에
무거운 추를 달았던 것, 분홍이 아니라도 무엇인가 노루귀를 건드렸
다면 노루귀는 몇 세대를 거듭해서 다른 꽃을 피웠을 것이다. 더욱이
분홍이라니! 분홍은 병病의 깊이, 분홍은 육체가 생기기 시작한 겨울
숲이 울고 있는 흔적, 분홍은 또 다른 감각에 도달하고픈 노루귀의
비밀이다

송재학, '흰색과 분홍의 차이'

분홍을 무엇이라고 딱히 규정지어서 말하기는 어렵다. 시인
은 분홍을 "흰색을 벗어나려는 격렬함"이라고 말한다. 분홍

은 병의 깊이, 노루귀의 비밀. 나비의 폐, 물고기의 혼인색. 그리고 사랑의 말을 발음하는 당신의 혀. 사람은 누구나 일정량의 분홍을 갖고 태어난다. 하지만 이내 그 분홍을 탕진하고 만다. 그래서 남은 생을 분홍 없이 살아야 한다. 인격의 중요한 원소로서의 분홍. 분홍을 탕진한 사람은 더는 신의 존재를 믿을 수가 없다. 그들에게 신앙심이 아주 없다고 말할 수는 없겠지만, 그것은 얕다. 분홍을 탕진한 사람들은 누군가를 증오하는 일은 쉽게 하지만, 누군가를 진정으로 사랑하는 일에는 힘들어 한다. 분홍이 없는 삶은 딱딱하고 팍팍하다.

분홍은 사랑의 상징이면서 동시에 외로움의 상징이다. 나는 분홍 속에 있을 때 외롭다. 사랑하지 않는 사람은 분홍의 외로움을 알지 못한다. 아니 분홍의 외로움을 알지 못하는 사람은 진짜 사랑을 해 보지 못한 사람임에 틀림없다. 사람은 외롭기 때문에 사랑하는 것이 아니라 사랑하기 때문에 외롭다. 사랑하라, 그러면 외로워지리.

펄펄 나는 꾀꼬리는(翩翩黃鳥)

암수 서로 즐기는데(雌雄相依)

외로운 이 내 몸은(念我之獨)

누구와 함께 돌아갈꼬(誰其與歸)

유리왕, '황조가黃鳥歌'

우리는 새장에서 벗어나기를 원하고, 새장에서 벗어나면 다시 새장으로 돌아가는 길을 찾아다닌다. 나와 너 사이의 텅 빈 거리는 외로움의 아우라가 나타나는 영역이다. 그리움은 타자와 나 사이의 거리에서 생긴다. 사람은 태어나는 순간부터 혼자이다. 혼자여서 외로운 게 아니라 외롭기 때문에 혼자라고 느끼는 것이다. 외로움은 실존의 본질이고, 사랑이란 비정상적으로 과잉이 된 열정의 지속 상태를 일컫는다. 유리왕의 공허한 가슴에 타오르는 불길이 있었다면 그것은 멀리 떠나버린 치희에 대한 그리움의 불길이겠다.

아울러 그리움은 외로움과 맞붙어 있는 또 다른 일면이다. 외로움을 소모적 감정으로 보는 건 옳지 않다. 외로움은 타자를 끌어안는 포용력을 키우는 실존의 에너지이다. 진정 새장을 벗어난 자만이 새장을 찾게 된다. 정말 외롭지 않은 자는 타자를 찾지 않는다. 타자를 절실하게 갈구하지 않고는 사랑할 수 없다. 외로움의 황홀을 아는 자만이 타인을 포용하고 사랑할 수 있다. 외로움이란 존재의 모멸에서 존재의 긍정으로 나아가는 과정에서 생성되는 나를 향한 지향의 한 형태이다. 외로움은 숭고한 열정이다. 타자 혹은 세계의 낯섦을 견디게 하는 것은 오로지 "군집 생활 속에서 내면적 고독을 수양하는 길"뿐이다. 사람은 혼자 태어나고 혼자 죽는다. 이건 바뀔 수 없는 인생의 진리이다.

죽음의 두려움에 굴종하는 하찮은 영혼들만이 헐떡거리며 자신의 외로움을 타자를 통해 해소하려고 노력한다. 숭고한 영혼들은 겸허하게 초연함, 즉 자각 혹은 해탈을 지향한다. 왜냐하면 "영혼이 고독한 순간에만 우주의 불가사의한 힘이 그 속을 흐를 수 있다"는 사실을 잘 알고 있기 때문이다. 영혼의 가장 높은 단계는 '신같이 고독해지는 것'이다. 고독은 환영이 아니라 실체이다. 그것은 고양된 영혼만이 잠깐 엿볼 수 있는 삶의 정수精髓, 삶의 황홀경이다.

'황조가'는 고구려의 유리왕이 썼다. 유리왕은 왕비를 잃은 뒤 화희와 치희라는 두 여자를 후실로 들였다. 그러나 두 여자가 서로 다투는 통에 유리왕은 양곡의 동쪽과 서쪽에 궁궐을 지어 떨어져 살게 하였다. 어느 날 왕은 기산으로 사냥을 나가 이레 동안 돌아오지 않았는데, 그 사이 두 여자는 크게 다투었다. 화희가 치희를 일러 "한나라의 비첩에 불과한 주제에 어찌 이렇게 무엄한가?" 하고 꾸짖자 치희는 분을 참지 못하고 그 길로 짐을 싸갖고 제 나라로 돌아가 버렸다. 유리왕이 그 소식을 듣고 황급히 치희를 뒤쫓았으나 치희는 끝내 제 나라로 돌아가고 말았다. 유리왕은 혼자 돌아오는 길에 암수 꾀꼬리가 다정하게 정분을 나누는 모습을 물끄러미 바라보았다. 그리고 저의 외롭고 처량한 심경을 노래한 것이 '황조가'이다.

예나 지금이나 사랑은 서정시의 본령인 듯하다. 유리왕이 이 시를 쓴 것은 사랑하는 여자를 잃은 슬픔 때문이다. 치희를 떠나보낸 슬픔에 잠겨 있던 유리왕이 다정하게 정분을 나누는 암수 꾀꼬리를 바라보며 그 마음의 형용이 어떠했을는지 짐작할 수 있겠다. 지독한 외로움이 그 마음에 소용돌이쳤겠다. 유리왕에게서 볼 수 있듯이 외로움은 성적, 정서적 유대의 결핍과 부재의 산물이다. 사실 우리는 넓고 거친 우주의 바다를 외로움이라는 쪽배를 타고 흘러간다. 우리는 1인분의 외로움에도 곧 죽을 듯이 질식할 듯이 헐떡거린다. 사랑을 잃어버린 자의 쓰라린 마음에 대해 쓴 이 오래된 시를 읽으며 그 사랑이라고 부르는 남녀 관계의 본질과 외로움이라는 것의 실체에 대해 곰곰이 생각해 보게 되었다.

빨강

흐르고 스미며 배어들어 생명을 살찌우는

동백꽃은 추운 계절에 핀다고 동백冬栢이다. 삼동을 견디고 피는 동백꽃은 동백화라고도 하고 산다화山茶花라고도 한다. 한반도 서남지방의 끝자락 해남의 미황사美黃寺에는 오래된 동백나무들이 있고 그 동백나무에서 피는 동백꽃은 선홍색이다. 늦가을 산수유나무 가지에 달리는 산수유 열매도 새빨갛다. 한겨울 눈에 파묻힌 산수유나무 빨간 열매는 꽃보다 더 예쁘다. 피, 장미꽃, 토마토, 불꽃, 우체통, 포도주, 큰소쩍새의 홍채 들은 다 붉다.

빨강은 색채의 위상학에서 무지개의 첫 번째 색으로 뚜렷하다. 영국의 낭만시인 윌리엄 워즈워드는 "하늘에 무지개를 보면 내 가슴을 뛰노니"라는 유명한 시구를 남겼다. 무지개는 여기 아닌 저기, 오늘이 아닌 내일로 연결하는 다리다. 이 다리를 건넌다면 희망, 이상향, 행복을 손에 쥘 수 있을 것이다. 누가 무지개를 붙잡을 수 있는가? 무지개는 아무도 붙잡을 수 없기에 모두의 꿈이다. 어른이 된 나는 무지개를 보면 가슴이 두근댄다. 무엇보다도 빨강은 해의 색이다. "해야 솟아라. 해야 솟아라. 붉은 해야 솟아라."(박두진) 해는 어둠을 뚫고 솟는다. 새해 첫날 누리에 햇빛이 골고루

내린다. 황새도, 거북도, 달팽이도, 굼벵이도, 바위도 누리에 균등하게 비치는 그 빛을 받는다. "황새는 날아서/말은 뛰어서/거북이는 걸어서/달팽이는 기어서/굼벵이는 굴렀는데/한날한시 새해 첫날에 도착했다//바위는 앉은 채로 도착해 있었다"(반칠환, '새해 첫기적'). 새해 아침에 떠오르는 해는 누리에 새 날, 새 기운을 펼친다. 해는 누리를 밝고 따뜻하게 덥히고 씨앗들을 움트게 한다. 해의 붉음은 온갖 사물 속으로 흐르고 스미며 배어들어 생명을 살찌게 한다.

해가 없었다면 지구는 얼음구덩이, 암흑 세상이 되었을 테다. 생명 세상의 융융한 번창은 전적으로 높이 떠서 누리에 고루 빛을 뿌리는 해의 덕이다. 붉음에서 연상되는 것들은 열정, 충동, 감정, 사랑, 생명, 전쟁, 에너지, 축제, 활력, 힘, 젊음, 즐거움이다. 무엇보다도 빨강은 생명의 원점이다. 생명은 무엇으로도 대체가 불가능한 절대 가치에 속한다. 그래서 빨강은 고귀하다. 빨강은 이성을 압도하는 본성의 색깔이다. 열정과 희열은 검정도 아니요 노랑도 아닌 빨강을 타고 온다. 빨강은 사랑과 열정의 신호색이다. 빨강은 자주 젊은 남녀를 성적으로 흥분시킨다. 남자와 여자의 사랑이 없었다면 나도 당신도 이 세상에 존재할 수 없다. 빨강은 모든 존재의 가능성을 품고 세상에 작열한다. 빨강은 생명들의 태초, 사랑의 신호, 꿈의 표지다. 그래서 빨강은 숭고하다.

선운사 고랑으로
선운사 동백꽃 보러 갔더니
동백꽃은 아직 일러 피지 않았고
막걸릿집 여자의 육자배기 가락에
작년 것만 시방도 남았습디다.
그것도 목이 쉬어 남았습니다.

서정주, '선운사 동구'

동백꽃은 선홍색으로 피고 질 때는 모가지째 떨어져 뚝뚝 진다. 그 낙화가 자못 처절하다. 그 처절함이 연상되어서 병문안 갈 때 들고 가는 꽃으로 동백꽃은 삼간다. 시인은 선운사禪雲寺로 동백꽃을 보러 갔나 보다. 선운사는 시인의 고향인 전라북도 고창에 있는 절이다. 계절이 일러 동백꽃은 아직 피지 않았다. 시인은 절 아래 주막에 주저앉아 하릴없이 막걸리나 마셨다. 넉살이 좋은 주모는 막걸리만 판 게 아니라 손님에게 제 육자배기 가락도 들려주었다. 목이 쉬어서 카랑카랑 쇳소리가 나는 육자배기 가락은 애살스러우면서도 청승맞다. 사람의 눈이 빛, 색, 선으로 이루어진 화상畵像을 읽어 내는 장치가 아니듯 귀 역시 소리의 수신기만은 아니다. 귀는 소리를 끌어안으며 소리와 몸을 섞고 일체를 이룬다. 그리하여 어떤 소리는 귀청에 가 닿는 게 아니라 마음의 애잔한 부분에 가 닿아 녹아내린다. 낮술에 취해 듣는 그 가락의 청승맞음은 이 세상의 모든 굳센 것들의 마음을 녹인다. 아마도 붉게 핀 동백꽃을 보러 왔다가 동백꽃을 보지 못하고 돌아가게 된 시인의 마음도 녹였으리라. 이 시를 읊조려 보면 어느덧 주막 여자의 신산스러운 막살이의 외피에 더께로 앉은 시름이 육자배기 가락으로 녹아 가만히 흘러나온다.

장미꽃도 붉기로는 동백꽃에 뒤지지 않는다. 겹으로 된 붉은 꽃잎들을 가진 장미꽃은 색상이 화려하고 아름다운 것으로 명성이 높다. 서양에는 붉은 장미꽃의 탄생과 관련한 여러 신화가 떠돈다. 사랑과 미의 여신인 아프로디테가 자신이 다른 신들과 마찬가지로 아름다움을 창조할 수 있음을 증명하기 위해서 대지에 장미꽃을 피웠다고 하고, 다른 신화에서는 아프로디테가 거품 속에서 태어날 때 장미꽃도 함께 피어났다고도 한다.

붉은 장미꽃은 아프로디테의 사랑을 받은 미소년 아도니스와 관계가 있다. 아도니스가 산돼지 사냥을 나갔다가 산돼지의 이빨에 옆구리를 찔려 죽었을 때 아프로디테가 아도니스를 살리려고 하다가 장미 가시에 발을 찔렸다. 그때 흘러나온 피가 백장미를 적셔 붉은 장미가 생겨났다고 한다. 또 다른 신화에서는 아도니스가 죽을 때 흘린 피와 아프로디테의 눈물이 섞여 진홍빛 장미가 피었다고 한다. 아프로디테의 연인은 전쟁의 신 아레스인데, 이 아레스는 아프로디테의 사랑을 받은 아도니스를 몹시 질투한다. 어느 날 아레스가 아도니스를 땅에 내다꽂는데, 아프로디테가 아도니스를 구하려고 뛰어들었다. 이때 아프로디테는 흰 장미 숲에 쓰러져 가시에 찔렸다. 가시에 찔려 흘러나온 아프로디테의 피가 흰 장미들을 붉게 물들였다고 한다.

붉은 장미는 심장의 색과 닮았다. 붉은 장미꽃이 열정과 욕망, 관능적인 사랑을 상징하는 것은 자연스럽다. 연인들이 서로에게 바치는 꽃이 바로 장미인 것은 바로 그 때문이다. 장미는 붉은 꽃과 더불어 푸른 잎과 가시를 갖고 있다. 함부로 꺾다가 날카로운 가시에 찔릴 수가 있다. 모든 사랑은 달콤하지만 다 순탄하게 이루어지는 것은 아니다. 붉은 장미꽃 가지가 날카로운 가시를 숨기고 있듯 사랑의 도정道程에는 견뎌내야 할 수난이 있다.

기억을 더듬어보니, 나는 누군가에게 장미꽃을 준 적도 없고 받은 적도 없다. 내 청춘은 가난하고 소심하고 어리석었다. 시립도서관 참고열람실 창가에 앉아 하염없이 책만 읽었다. 내 또래인 발랄하고 싱그러운 여자들과의 연애는 감히 꿈도 꾸지 못했다. 낭랑하게 퍼져나가는 그녀들의 웃음소리는 늘 내 가슴에 불을 지폈지만, 나는 장미꽃같이 피어나는 그녀들을 멀리서 바라보기만 했을 뿐이다. 나는 한 번도 모든 동물의 수컷이 그러하듯 마음에 드는 여자 뒤꽁무니를 맹렬하게 쫓아가 본 적이 없다. 내 안에 붉은색의 결핍이 완강했기 때문이다. 스무 살 여름, 스물한 살 여름,

스물두 살 여름, 스물세 살 여름이 그렇게 아무 일도 없이 지나갔다. 내 청춘에는 붉음이 결핍되어 있었던 것이다. 나는 연애의 설렘, 연애의 혼란, 연애의 광기, 연애의 행복을 포기하고 차라리 한 여자와 만나 결혼으로 직격하고, 곧바로 아이들이 태어났다. 어느 날 문득 거리에 서서 지나가는 젊고 아리따운 여자들을 바라보는데, 내 안에서 벼락치듯 내 청춘이 끝나 버렸다는 사실을 깨달았다.

자주

속되지 않고 소박하되 기품이 있는

자주紫朱는 화사함과 어둠을 동시에 거느린다. 자주는 짙은 남빛에 붉은빛을 띤 색이다. 보라와 비슷해 보이지만 보라에 비해 붉은빛이 더 도드라진다. 자주의 정체성은 붉은색의 열정과 보라색의 우아함 사이에 걸쳐져 있다. 자주는 빨강보다 덜 생동하고, 남색보다 덜 푸르다. 한마디로 남색이나 빨간색보다 존재감이 미약하다. 자주는 애련을 머금은 색인데, 속수무책으로 나락에 빠지는 어둠의 운명이나 액운들의 전거典據라고 말할 수는 없다. 그러나 너무 나이 어린 사람이 자주를 좋아하면 염려가 된다. 나이든 사람이 자주를 애호하는 것을 나무랄 수는 없다. 자주는 속되지 않고 소박하되 기품이 있다. 천후干戶의 제후가 좋아할 만한 색이다. 감자의 품종 중에 자주감자가 있는데, 감자알의 껍질이 자줏빛을 띤다고 해서 자주감자라는 이름을 얻었다. 흰 감자꽃이 피는 건 파 보나마나 하얀 감자, 자주 감자꽃이 피는 건 파 보나마나 자주감자다.

여름은 자두열매가 나오는 계절이다. 과일가게에 가면 잘 익은 자두알들이 수북하게 쌓였는데, 자두알들은 둥글고 탐스럽다. 토마토가 관능적인 붉은빛이라면 자두알은 붉되

자줏빛에 더 가깝다. 자두알의 자줏빛은 소박하다. 서교동 하나로마트에서 올 여름 처음으로 자두알이 나온 것을 보고 스무 개를 샀다. 자두알은 새콤달콤해서 더위에 지친 미각에 활력을 불어넣고 생생함으로 되돌려 놓는데 훌륭한 역할을 한다. 잘 익은 자두알은 자주색이고 과육은 말랑하고 그 맛은 시큼하면서도 단맛이 깊게 배어 있다. 자두에 대해 더 알려고 집으로 급하게 돌아와서 백과사전을 찾아본다. 그 설명을 요약하면 다음과 같다.

자두나무는 장미과薔薇科 벚나무속(一屬)에 속한다. 복숭아나 체리와 같은 핵과核果이다. 몇몇 종은 키가 6미터에서 10미터에 달한다. 일부는 가지가 밑으로 처지는 관목이다. 꽃봉오리는 짧은 가지 위나 주主가지 끝에 달린다. 눈마다 흔히 두 개에서 세 개의 꽃이 핀다. 눈들이 붙어 있어 꽃이 활짝 피면 꽃송이가 빽빽이 뭉쳐 있는 것처럼 보인다. 꽃에는 꽃받기가 발달해 있다. 꽃받기가 부풀면 빈 잔 모양이 되는데, 꽃받기 가장자리에는 꽃잎, 꽃받침잎, 수술이, 그 속의 밑바닥에는 암술 하나가 달린다. 수정이 일어나면 꽃받기가 떨어지고 암술대도 시들어 떨어진다. 결국 열매가 되는 암술의 넓은 아랫부분, 즉 씨방만이 남는다. 열매가 자라면 씨방의 바깥부분은 외과피外果皮와 내과피內果皮로 성숙한다. 외과피는 다육질로 많은 즙을 품은 과육이 되고, 내과피는 단단한 핵이나 씨로 이루어진다. 자두알의 크기나 맛, 색깔과 질은 다양하다.

올해도 자두 몇 알을 땄네

아직 물기가 남아 있어서 자두잎에

볼기 붉은 자두알에

그것들 내 손목을 타고 흘러들어왔네

자두를 다섯 개

양손에

둥근 자두를 다섯 개

든든하게 움켜쥐어보는 것은 두근거리는 일

시디신 자두를

한입씩 베어물고 웃어보는 것은 즐거운 일

내 몸속에 이 시디신 자두 몇 알씩이 들어 있다는 것을 눈치채는 일

은 즐거운 일

지나가는 차가 없다면

이 시디신 자두를 차창 밖으로 휙 집어던져보는 것도 괜찮은 일

자두나무는 다른 식물 종들과 경쟁하면서 당당하게 살아
남았다. 농경과 대지를 관장하는 신은 자두나무에게 축복
을 내렸다. 가지마다 찢어질 듯 풍성하게 열린 자두알들은
그 축복의 결과물이다. "사랑이라곤 해 본 적 없는 부모 밑
에서 아이들이 사랑 없이 자라고"(핑크 플로이드Pink Floyd) 있
다. 게다가 악덕은 어디에나 차고 넘쳐난다. 그렇다 할지라
도 여름마다 자두알이 익는 자두나무가 있다는 것은 우주
를 선의로 관장하는 절대자가 인류를 축복하고 있다는 증
거다. 진화생물학의 아버지인 찰스 다윈은 이렇게 말한다.
"살아남는 존재는 가장 강한 종도, 가장 지능이 높은 종도
아니다. 변화에 가장 잘 적응하는 종일뿐이다." 자두나무는
살아남음으로써 자연의 변화에 가장 잘 적응한 종이라는
사실을 증명한다. 자두나무는 가지마다 주렁주렁 매달려
잘 익은 자주색 자두알을 인류와 동물에게 아낌없이 선물
한다. 내 생각에 인류는 두 부류로 나눠진다. 자두알을 먹

는 인류와 자두알을 먹을 수 없는 인류. 자두알을 먹는 인류에겐 행복의 부피가 늘겠지만, 그렇지 못한 인류에겐 불행의 부피가 그만큼 늘 것이다. 나는 자두나무가 자라지 않는 지방에 사는 인류에 대해 진심으로 연민을 느낀다. 나는 자두알을 여름마다 과일가게에서 자두알을 사다가 먹는 인류의 일원이다. 자두알을 깨물 때 그 즙과 향이 입안에 가득 번진다. 자두알 다섯 개만 있어도 웬만한 모욕과 불행은 능히 견딜 수가 있다. 자두알과 더불어 나의 지혜와 견인주의堅忍主義는 날로 굳건해진다. 여름이 다가오면 나는 가슴이 두근거리고 자두알을 먹을 생각만으로도 입안에 신 침이 괴곤 한다. 여름마다 붉은 열매를 주는 자두나무야, 고마워!

유홍준 시인은 양손에 자두알 다섯 개를 쥐고 난 뒤 번쩍이는 영감을 받았다. 잘 익어 붉은 자두를 움켜쥐는 일이 "두근거리는 일"이다. 시디신 자두를 베어 물고 웃어 보는 것은 "즐거운 일"이다. 왜 그렇지 않겠는가? 지구라는 행성에 많은 문제가 있음은 누구나 다 아는 일이다. 그러나 둥근 자두 다섯 개를 손에 쥐어 보라. 갑자기 사는 일에 자신감이 솟고 내면에 낙관주의가 부푼다. 시인은 조잡하고 기만적이고 위험들이 널려 있는 세상에서 붉은 자두알 다섯 개를 쥐고 기뻐한다.

붉은 자두알들은 인류의 기쁨들을 지켜내는 마지막 방어책이다. 타락한 세상에는 오직 두 가지만이 넘쳐나는데, 그것은 무지와 탐욕이다. 이것들은 거침없이 순백의 삶들을 짓밟고 문명을 더럽혀 타락으로 이끈다. 붉은 자두알 다섯 개로 인류가 구원받을 수는 없겠지만, 붉은 자두알 다섯 개는 세상 어딘가에 기쁜 일도 있다고 내 귓가에 속삭인다. 자두알 다섯 개는 세상의 무지와 탐욕을 무찌르고 그 역겨움을 능히 견디게 한다. 자두알 다섯 개는 우리를 즐거움으로 이끈다. 시인은 제 몸속에 "시디신 자두 몇 알씩" 들어 있다고 고백한다. 스스로 여름철마다 자두를 먹으며 살아온 인류라는 사실을 고백하는 것이다. 내 안에 들어온 시디신 자두알들은 내 안에서 여름의 노래를 부른다. 행복의 조건과 의미를 시시콜콜 따지는 사람은 불행하다. 자두를 먹을 수 있는 삶은 그 자체로 행복한 삶이다.

자주색은 이상하게 굴원(기원전 340~278)을 떠올리게 한다. 굴원의 뛰어난 문재를 가진 사람이었으나 그 운명은 순탄하지 않고 비극적이었다. 자주의 어딘가에 숨은 비운이 굴원의 생에 드리워져 있는 것이다. 굴원은 초楚나라 사람이다. 왕족 출신으로 일찍이 많은 서책을 두루 섭렵해서 아는 것이 많고 기억력이 총명해서 이십대에 임금의 총애를 받았다. 그의 재주를 시기하는 사람이 많았다. 그 가운데 하나가 상관 대부 근상靳尙이다. 그는 굴원과 지위가 같았는데, 굴원을 질투하고 시기했다. 회왕이 굴원에게 나라를 잘 다스리는 법령을 만들도록 하였다. 굴원이 그 초안을 쓰고 있을 때 근상이 그것을 빼앗아 제 공적으로 삼기를 원했으나 굴원이 듣지 않았다. 이에 앙심을 품은 근상은 회왕에게 나아가 굴원을 모함했다. "굴원이 학식을 빙자하여 믿고 임금을 업신여기며 무엇인가 딴마음을 품고 있는 듯합니다." 회왕이 신하의 헐뜯고 말에 넘어가 굴원을 멀리 하자 굴원은 깊은 슬픔과 근심에 잠겼다. 굴원은 진흙 속에 있으면서도 더러워지지 않는 연꽃과 같이 세속의 더러움에 물들지 않은 사람이다. 다만 굴원은 군주의 마음에서 밝음이 사라지고 흐트러짐을 걱정했다. 그러나 굴원은 모든 관직을 박탈

당하고 멀리 쫓겨났다. 그때 지은 시가 '이소離騷'다. '소騷'는 근심을 뜻하는 문자다. '이소'는 '걱정스러운 일을 만나다'라는 뜻이다. 굴원이 몸과 마음을 다하여 군주를 섬겼으나 시기하고 헐뜯는 이들의 이간질로 군주의 신임을 잃고 곤궁해졌다. 군주에게 충성을 다했으나 의심을 사고 쫓겨났으니 마음에 분통함이 없을 리 없다. '이소'는 그 마음의 원통함과 분함을 드러내 보인 시다.

굴원이 살던 시대는 혼란이 극심했던 전국시대 중반이다. 기원전 4세기 중엽 상앙을 기용하여 국가의 면모를 바꾼 진나라가 부국강병을 이루어 전국칠웅 중 가장 세력이 큰 나라가 되었다. 진나라의 부국강병은 국경을 맞댄 초나라에게는 근심거리다. 초나라의 여론이 둘로 갈라졌다. 진나라의 남진정책에 맞서지 말고 진나라와 화친을 맺어 국가의 안전을 꾀하자는 친진파와 동방에 있던 강국 제나라와의 합종을 해서 진나라와 대적하자는 친제파로 나뉜다. 당시 초나라는 친진파가 득세했는데 이들은 진나라 장의가 6백 리의 땅을 떼어 주겠다는 미끼를 덥석 받아 물고 제나라와 친교를 끊는다. 진나라의 침략을 받고 초나라는 고립무원의 지경에 이르렀다. 회왕이 다시 굴원을 불러들였으나 모함을 받고 추방되었다. 굴원은 세상을 비관하며 머리를 풀어헤치고 미친 사람 같은 행색으로 이곳저곳을 떠돌았다. 어느 강가에서 한 어부를 만났다. 어부가 마른 나뭇가지처럼 야윈 굴원을 알아보았다. 어부가 지체 높은 사람이 무슨 까닭으로 거지 행색으로 떠도는 연유를 캐묻자 굴원이 대답했다. "온 세상이 혼탁한데 나 홀로 깨끗하고, 모든 사람이 다 취했는데 나 홀로 깨어 있어서 쫓겨났소." 이에 어부가 물었다. "사물에 구속받지 않고 세상의 추이에 몸을 맡기며 사는 것이 성인이 취할 방도라 들었습니다. 세상이 혼탁하다면 어째서 자신은 같이 취하시지 않으십니까? 모든 사람이 취했다면 왜 그 지게미를 먹거나 밑술을 마셔 함께 취하지 않으십니까? 가슴속에 주옥을 품었으면서도 왜 스스로 피할 방법을 찾지 않았습니까?" 굴원이 대답했다. "얼굴을 씻고는 모자의 먼지를 털고, 의복도 간추려 입지 않는가? 결백한 몸을 그런 때로서 더럽힐 수가 없다. 차라리 그럴 바엔 강물에 몸을 던져 물고기 밥이 될지언정, 어찌 세속에 몸을 더럽힐 수가 있겠는가?"

추방된 굴원이 수십 년 동안 강가를 배회하며 초나라의 힘이 융성해지기를 기원하며 부른 시가가 '초사'라는 장르로 인구에 회자되었다. 진나라 장수 백기白起가 초나라의 수도를 함락시키고 선왕의 무덤인 이릉夷陵을 불태워 버렸다. 다음해에는 초나라의 무巫와 금중을 점령했다. 굴원은 낙담하여 분연히 '회사懷沙'를 짓고 음력 5월 5일 돌을 가슴에 품고 멱라수에 몸을 던졌다. 나이 예순둘. 멱라수 가에는 굴원의 무덤과 사당이 세워져 있다. 굴원이 죽은 음력 5월 5일은 단오절로 정해 제일祭日로 삼았다.

아담 자가옙스키의 시에 "타인의 음악과 시 속에 위안이 있다"라는 구절이 있다. 같은 시에 "타인만이 우리를 구원한다"라는 시구도 보인다. 나도 굴원의 시에서 힘과 위안을 얻던 시절이 있었다. 군주의 신임을 잃고 쫓겨나 강가를 거지 행색으로 떠돌던 그 심정을 알 듯도 하다. "흰 것 검다하고/위를 거꾸로 아래라고 하네./봉황은 새장 속에 갇혀 있고/닭과 꿩은 하늘을 나네./옥과 돌을 뒤섞어/하나로 헤아리니,/저들은 더러운 마음뿐이라/내 좋은 점을 알 수가 없지!"(굴원, '회사') 굴원이 지나갈 때마다 마을의 개 떼들은 몹시 짖었다. 굴원은 분하고 원통한 마음을 지그시 누르고 군주가 다시 저를 불러주기를 기다리며 몇 십 년을 견뎠다. 그러나 나라는 망하고 굴원의 희망은 뭉개졌다. "백락伯樂이 죽었으니/준마의 능력을 누가 가늠하랴 !"('회사') 애써 재능과 덕망을 갈고 닦았으나 세상은 저를 버렸다. 굴원은 이에 상심하고 크게 슬퍼한 뒤 마침내 멱라수에 제 몸을 던져 세상을 버렸던 것이다.

굴원의 시에서 위안을 구하며 노트에 단상들을 적곤 했는데, 그 가운데 몇 개를 시로 고쳐 썼다. "굴욕을 견디며 사느니 죽는 게 나았을 수도 있다. 도성에서 추방된 아버지는 혼자 물을 건넜다고 한다. 이미 물의 바닥은 검고 딱딱하다. 묘혈이다. 연꽃 줄기는 미라처럼 말랐다. 어머니, 여긴 상류가 아냐. 벌써 하류라니까. 거북들은 물을 거슬러 올라간다. 암거북들이 모래 속에 알 낳는다. 아버지, 아버지…… 사기꾼에 걸려 사업자금 송두리째 날리고 빈털터리가 되었을 때 죽고 싶었을 것이다. 그러나 죽지 않았다. 굴원은 회왕懷王의 총애를 받다가 친진파親秦派의 참언譖言으로 하루아침에 재상 자리에서 쫓겨나야만 했다. 그래서 멱라수에

몸 던져 짧은 숨은 끊고 긴 삶을 도모했을 것이다. 아버지
는 짧은 숨을 끊지 못해 긴 삶을 도모할 수가 없었다. 아버
지는 식구들을 버리고 혼자 물을 건넜다고 한다. 목구멍으
로 밀어 넣은 빵이 왈칵, 하고 다시 넘어온다."(졸시, '굴원屈原을
읽는 밤') 이 시는 그것들 가운데 한 편이다.

다른 단상들에 이런 것들도 있다. 지구 위를 더 많이 걸어
볼 것, 황소개구리처럼 너무 많이 먹지 말 것, 황야의 곤충
들에게 더 예의를 갖고 대할 것, 습지를 사랑할 것, 고양이
의 정신건강을 위해 가끔씩 오래된 황혼을 보여줄 것, 참된
죄악들에 대해 숙고할 것, 분바르는 배우가 되지 말 것, 병
든 꽃과 알코올 중독자들에게 관대할 것… 착하게 살려고
노력한 흔적이 보인다.

검정

무수한 별들을 띄우는 흑수 黑水

동지가 돌아온다. 동짓날에는 팥죽을 먹는다. 동지는 가장 긴 밤이고, 가장 짙은 어둠이다. 동지 어둠은 검은색에 가장 가깝다. 검은색이 부정적인 것으로 낙인찍힌 것은 어쩔 수 없는 일이다. 검정은 거의 모든 문화권에서 죽음, 무지, 절망, 슬픔, 사악함과 연관된다. 검정의 담낭膽囊. 죽음의 즙을 흘리는 내 안의 담낭. 검정은 불길한 조짐이고 불행한 사건의 표상이다. 검은고양이는 불행을 불러오는 악의 전령이고, 검은색을 뒤집어쓴 까마귀를 보면 재수가 없다고 말한다. 미망인은 비탄에 젖었다는 표시로 검은색 옷을 걸친다. 검정 옷들은 인생에 즐거움과 향락에 대해 몸이 드리운 차단막이다. 장례식에 참석하는 자들도 검은색 옷을 입는다. 그것은 죽은 자에 대한 애도를 표한다.

검정은 밤의 캄캄함이고, 우주를 가득 채운 암흑 물질의 색이다. 인류가 관측할 수 있는 은하계 저 너머 우주는 암흑 물질과 암흑 에너지로 가득 차 있다. 암흑 물질은 우주 질량의 대부분을 차지하고 있고, 보통 물질처럼 중력을 갖지만 빛을 산란하거나 흡수하지 않는 입자들로 이루어졌다. 암흑 에너지는 우주의 에너지 대부분을 차지하고 척력의 중력을 가지고 우주 팽창을 가속화하는 힘으로 알려져 있다. 검정은 무無의 무한한 팽창 속에서 제 존재를 드러낸다. 모든 색을 뒤섞으면 검은색이 탄생한다. 따라서 검정은 혼돈이다. 혼돈은 우주 태초의 모습이다. 기원전 2세기의 책 「회남자」에서도 "옛날 하늘과 땅이 생겨나지 않았을 때, 다만 어슴푸레한 모습만 있었지 형체는 없었고 어둑어둑할 뿐이었다"고 말한다.

현대 과학자들이 말하는 카오스가 바로 혼돈의 실체다. '혼돈'은 중국 고대 신화에 나오는 천신의 이름이다. 이 천신을 '제강帝江'이라고도 하는데, 그 생김새는 누런 자루 같은데 붉기가 빨간 불꽃같고 여러 개의 다리와 네 개의 날개를 갖고 있으며 얼굴이 전혀 없다고 했다. 얼굴이 없으니 눈코입 귀도 없다. 그런데 이 제강은 춤과 노래를 잘 한다고 한다. 태초의 우주는 아직 어떤 형상도 갖지 못했지만, 살아 있었다. 아무 형태도 갖추지 않은 우주의 혼돈은 노래를 부르고 춤을 춤으로써 그 살아 있음을 드러냈다. 혼돈의 시대가 끝나자 비로소 우주 만물이 생겨나고 시간이 우주 만물을 지배하는 질서의 시대가 시작되었다.

땅 밑 어딘가에 어두운 지하세계가 있다고 한다. 그 지하세계 깊은 곳에 물이 흐르는데 그게 죽은 자들이 건너는 황천이다. 동양 신화에서는 이 지하세계를 유도幽都라고 부른다. 이 유도와 지상세계가 연결된 곳에 솟은 산이 유도산幽都山이다. 이곳에서 발원하는 강물은 흑수黑水다. 이곳에 사는 동물들은 몸통이 다 검다. 유도산에는 검은 새, 검은 뱀, 검은 호랑이, 검은 여우 따위가 우글거린다.

검은색은 혼돈의 심연이다. 검은색의 심연은 혼돈이고, 신비이며, 무한성이다. 태초에 삼라만상은 그 심연에서 비롯되었다. 어디 그뿐인가? 사람 역시 어둠 속에서 생명을 시작한다. 어머니의 자궁 속은 어둡고 따뜻한 양수로 채워져 있는데, 바로 그곳에서 태동을 시작한다. 보통 우리는 열 달을 아주 희미하게 비치는 미광微光 속에서 보낸다. 눈썹은 검다. 눈썹은 이마라는 대지 위에 그어진 지평선이다. 검은 눈썹은 몸 안의 들어 차 있는 어둠에 대한 외시外示이다.

내 마음 속 우리 님은 고은 눈썹을
즈믄 밤에 꿈으로 맑게 씻어서

하늘에다 옮기어 심어놨더니

동지섣달 나르는 매서운 새가

그걸 알고 시늉하며 비끼어 가네

서정주, '동천冬天'

추분이 지나면서 낮이 짧아진다. 동지는 낮이 가장 짧고 밤
이 가장 긴 날이다. 이 시의 시간적 배경은 동지섣달이다. 당
연히 이 시를 물들이고 있는 주조색은 검은색이다. 눈썹, 밤,
동지섣달이 다 어둠이나 검은색과 연관이 있다. 동지섣달은
밤이 가장 긴 날로 음의 기운이 꽉 차 삼라만상이 그 영향
을 받는 날이다. 그렇다고 시의 어조가 비극적인 것은 아니
다. 어떤 내상內傷의 흔적도 보이지 않는다. 사랑의 인연에
대해 말하고 있다. 님의 눈썹을 하늘에 옮겨다 심는다. 하늘
에 나는 새가 그걸 알고 비껴 난다. 나는 왜 님의 눈썹을 하
늘에다 옮겨 심었을까? 그리고 새는 왜 눈썹을 비껴 날까?
나와 님의 사랑은 땅에서 이루어지는 일이고, 겨울하늘에
떠 있는 초승달과 그걸 비껴 나는 새의 일은 하늘에서 이루
어지는 일이다. 그 둘은 아무 상관이 없는 듯 보이지만 인연

이라는 신묘한 기운에 의해 얽혀 있다. 시인은 직관으로 땅의 일과 하늘의 일은 서로 조응하고 있음을 눈치챈다.

태양계는 약 46억 년 전 성간星間의 무를 떠다니던 가스와 먼지의 거대한 성운星雲 속에서 탄생했다. 그 뒤로 지구가 생긴다. 애초에 지구는 깊은 어둠 속에 감싸인 행성이었다. 지구에 비로소 햇빛이 닿자 지구에도 낮과 밤의 분별이 생기고 최초의 밤이 찾아온다. 지구에 온 최초의 밤은 불빛 한 점이 없었을 테니까, 그야말로 깜깜했을 것이다. 사물을 분별할 수 없도록 세상을 뒤덮은 그 깜깜함이 검은색의 원형이다. 지구에 최초의 밤이 도래했을 때는 아직 인류가 나타나기 전이다. 따라서 그 밤을 목격한 사람은 아무도 없다. 텅 빈 밤의 심연만이 몇 시간 동안 이어지다가 날이 밝았다. 그리고 해가 기울자 다시 밤이 찾아온다. 밤은 어둡다. 밤이 어두워지는 것은 빛을 뿌리는 태양의 사라짐 때문이다. 낮의 소멸과 함께 오는 밤은 낮의 미망인이다. 밤이 오면 야행성 동물들이 비로소 움직이기 시작한다. 밤은 부엉이나 박쥐, 고양이나 여우원숭이와 같은 야행성 동물에게 활동하는 자유를 준다. 호랑이나 표범과 같은 커다란 고양이과 동물들도 주로 밤에 사냥을 한다. 반대로 식물들은 광합성 작용을 하지 않고, 성장은 완만하게 느려진다. 사람들은 밤하늘이 어둡고 캄캄하다고 말한다. 실제로 우주는 어둡다. 밤하늘은 역설적으로 어둡기 때문에 무수한 별들이 빛의 향연을 벌일 수 있다.

별들의 향연은 무한한 우주 안에서 인간이 얼마나 볼품없는 존재인지를 느끼게 한다. 하지만 우리를 압도하는 것은 비단 우주의 크기만은 아니다. 그 안에 가득 찬 천체들 또한 그러하다. 어떤 은하보다 밝게 빛나는 퀘이사quasar, 한 숟갈 정도의 원자 무게가 수천 톤의 고밀도로 이루어진 중성자별, 초신성(supernova)의 폭발에 의해 생긴 재가 빠르게 회전 운동을 함으로써 엑스선이 전파 망원경의 스피커를 통해 메트로놈처럼 주기적으로 딸깍거리며 방출되는 펄서pulsar, 충돌하는 은하(colliding galaxies), 별들의 흐름을 삼키는 거대한 블랙홀, 어마어마한 수의 적색거성(red giant star), 그리고 어딘가에는 불가지不可知한 고도의 외계문명이 있을는지도 모른다. 이 모든 천체들은 까마득히 멀리 떨어져 있어서, 빛조차 그곳에 이르려면 수백만 년은 걸릴 것이다. 그리고 우리가 도착할 때쯤 이미 '그곳'은 알아볼 수 없을 만큼 바뀌어 있을 것이다.

밤하늘은 온 사방에 보이지 않게 드리워진 무한히 깊은 심연으로 난 창이다. 분명 이 장관 속에도 보잘것없는 무언가가 있다. 하지만 그것은 인간이 아무리 하찮고 초라한 존재라고 하더라도 또한 우주의 기적 같은 실재의 일부라고 하는 바로 그 알량한 지식보다 심오하다. 밤하늘의 별들은 우리를 압도하는 동시에 자극한다. 그들은 운명이자 신이다. 그들은 우리의 인생에 전혀 개의치 않지만, 그럼에도 불구하고 지금 우리의 모든 것을 만들어 냈다. 우리는 말 그대로 우주먼지에 불과하다.

크리스토퍼 듀드니, 「밤으로의 여행」 중에서.

밤하늘은 캄캄하다. 그러나 그것은 그냥 캄캄하기만 한 것은 아니다. 수없이 많은 별들과 은하로 채워져 있다. 별들과 별들 사이, 은하와 은하 사이로 어둠이 흘러간다. 우주 공간은 무한하고, 그 무한을 채우고 있는 것은 암흑 물질과 암흑 에너지라고 했다. 우리는 이 우주 속에서 태어난 "우

주먼지"들이다. 우리는 우주를 가득 채운 암흑 물질과 암흑
에너지의 영향 아래에서 살아간다. 사람은 "우주먼지"와 같
이 아주 작은 존재일지 모르지만 살아 있는 사람 하나하나
는 그 자체로 우주적 심연이다. 사람은 심연이기 때문에 어
떤 이유에서라도 때리거나 죽여서는 안 되는 존재다. 우주
는 하늘, 땅, 사람으로 이루어졌다. 먼저 하늘이 생기고, 다
음에 땅이 생겼다. 그 다음에 사람이 나왔다.

천문학에서 천구天球라고 부르는 하늘은 달, 혜성들, 중성자
별, 적색왜성, 백색왜성, 은하, 거대한 블랙홀을 거느리고 있
다. 선사시대 이래로 인류는 무수한 신화 속에서 신들의 고
향이고, 매우 숭고한 형이상의 세계를 표상하는 하늘에 매
혹당하고, 또 하늘에서 초자연적 존재들을 느꼈다. 하늘은
여러 색감을 보여주는데, 그 색감은 확산 일사광의 결과물
이다. 하늘은 맑게 갠 낮에는 푸른색이고, 일출과 일몰의
때는 밝은 주황색이며, 밤의 하늘은 검은색으로 변한다. 하
늘은 달과 태양, 무수한 별들과 온갖 행성들이 일정한 궤도
에 따라 움직이는 푸른 궁륭穹窿이다.

많은 시인이 밤하늘의 아름다움에 감탄했다. 19세기 영국의 시인 존 키츠는 밤하늘을 "아치형 흑단 천장/사랑이 펼쳐진 차양"이라고 노래했다. 밤하늘에서 유난히 밝은 빛으로 반짝이는 별인 오리온자리에 속한 리겔은 지구에서 구백 광년 떨어져 있고, 그 별빛이 지구에 닿기까지 구백 년이 걸린다고 한다. 지금 보는 그 별은 인류 역사에서 중세시대 때의 별이다. 신비하지 않은가? 지금 빛나는 것처럼 보이는 별들 중 일부는 이미 블랙홀 속으로 사라져 없는 별일 수도 있다. 그런 신비 속에 사는 사람들 하나하나는 귀중한 "하늘의 우주의 악기"(이성선)다. 열정을 잃는 비극과 열정을 품는 비극 사이에서 뜻있는 인생은 욕망에 휘둘리는 것이 아니라 날마다 그 악기로 아름다운 음악을 연주하는 일로 이루어진다. 행복은 우리가 하염없이 하늘을 바라보는 그 순간 우리를 찾아올는지도 모른다. 바쁘더라도 가끔은 하늘을 보며 살자.

색
色